なんて嫁だ
めおと相談屋奮闘記

野口　卓

集英社文庫

目次

なんて嫁だ

めおと相談屋奮闘記

主な登場人物

信吾　黒船町で将棋会所「駒形」と「よろず相談屋」を営む
波乃　楽器商「春秋堂」の次女　信吾の妻
甚兵衛　向島の商家・豊島屋のご隠居　「駒形」の家主
常吉　「駒形」の小僧
権六　「マムシ」の異名を持つ岡っ引
正右衛門　信吾の父　浅草東仲町の老舗料理屋「宮戸屋」主人
繁　信吾の母
正吾　信吾の弟
咲江　信吾の祖母

竹輪の友

一

「キューちゃん、おめでとう。嫁さんもらったんだってな」

声とともに入って来たのは、信吾《しんご》の幼馴染《おさななじみ》の完太《かんた》と寿三郎《じゅさぶろう》、そして鶴吉《つるきち》である。

渾名《あだな》が「物干《ものほ》し竿《ざお》」の完太は痩せて背が高く、鶴吉は「どん亀」あるいは「亀の鶴吉」と呼ばれているように、ずんぐりむっくりした寸詰まりの体型だ。中を取る訳ではないだろうが、寿三郎は中肉中背であった。

物干し竿の完太が、三人を代表するように言った。

「それにしたって、ひどいじゃないか。竹輪の友のおれたちに、黙っているなんて」

信吾の背後にいる波乃《なみの》に気付いて、完太の声が尻すぼみにちいさくなった。

波乃が戸惑い顔でつぶやいた。

「キューちゃん……、チクワの友……」

波乃をまじまじと見て鶴吉は目を丸くし、思わずというふうに言った。

「こんなにきれいな嫁さんだったら、おれたちに取られんじゃないかって、信吾が心配するのはわからぬでもないけどな。特に鶴吉は色男だから気を付けなければ、なんて思ったんだろう」

「きっとそうだ。大店《おおだな》のお嬢さんに一目惚《ひとめぼ》れされた揚句に、簪《かんざし》で刺されたからなあ、鶴吉は」

寿三郎がからかった。

鶴吉はのっぺりとした顔で、眉が産毛のように薄く、しかも目尻がさがっている。話し声もぼそぼそと聞き取りにくくて、およそ女にもてるような男ではない。

であリながら一目惚れされた。もっとも相手は気の触れた、思いこみの激しい、しかもひどい醜女《しこめ》であったのだが。

信吾は笑いながら、両手で幼馴染たちを制した。

「ともかく、突っ立ってないであがってくれよ。順に話さなきゃわからないだろうし、それにおれは、まだ嫁さんをもらっちゃいないことになってんだよ」

先に立って八畳間に向かおうとする信吾の背中に、完太が呆《あき》れたように言った。

「いくらなんでも、嫁さんをまえにしてそれはないだろう」

「みなさま、どうぞおあがりくださいませ」と客に言葉を掛けてから、波乃は信吾に言った。「お茶を淹《い》れますね」

「あッ、お嫁さん」

思わず呼び掛けたのは寿三郎で、その言葉に笑顔で振り返ると波乃は頭をさげた。

「申し遅れましたが、波乃と申します」

「ナミノさん」と言って、寿三郎は提げていた徳利《とつくり》を差しあげた。「これを燗《かん》してもらえませんか」

「気を遣わなくていいのに」と、信吾が言った。「今日はありがたくもらっとくけど、次からは手ぶらでいいぞ」

波乃は寿三郎から徳利を受け取るとお勝手に消えた。

時刻は五ツ（午後八時）をすぎているため、波乃の母親が付けた世話係で教育係でもあるモトは、すでに奉公人部屋にさがっていた。

三人が一斉に喋《しゃべ》ろうとしたので、信吾は両手をおおきく挙げて制した。

「燗が付いたら紹介して、それから話すよ。みんなが驚くのもむりはない。もっと先だと思っていたから、なにも話してなかったものな。ともかく急に決まったんだよ」

それに対しても三人が同時に喋りそうになったので、信吾は笑いながら両手を挙げた。

「焦《じ》れるなよ。燗を付けるあいだくらい、人の一生に較《くら》べりゃ短いものだ。我慢できないことはないだろう」

「えらく大袈裟《おおげさ》な喩《たと》え方だな」と、鶴吉は口を尖《とが》らせた。「しかしキュー公、この隠し事は高くつくぞ」

「たしかに」と、寿三郎がおおきくうなずいた。「竹輪の友にしていいこととは、どう考えても思えんわな」

「まあ、待てよ」と、信吾は三人を見廻《みまわ》して言った。「ともかく事情を知ったなら、だれだってもっともだと思わずにいられないはずだ。おれがそうしたのもむりはないって」

知りたいことがなに一つとしてわからないからだろうが、宥《なだ》めたり賺《すか》したりしても、三人は納得せずになんとか喋らそうとする。のらりくらりと躱《かわ》すので、次第に険悪な空気になりかかったところに波乃が姿を見せた。

盆に載せた盃《さかずき》を客たちに手渡して順に銚子《ちょうし》の酒を注《つ》ぎ、最後に信吾にも注ぐと腰を浮かせた。

「どうした」

「あとまだ燗を付けてますから」

「お燗番はいいですから、燗を付けてる銚子と徳利も持って来てください」と、寿三郎が言った。「山屋《やまや》の隅田川諸白《すみだがわもろはく》ですから、下り酒に負けやしません。冷《ひや》でも美味《おい》しくいただけますので。それから盃をもう一つ」

ちらりと信吾を見ると微《かす》かにうなずいたので、波乃はお勝手にもどった。

浅草並木町《なみきちょう》の山屋半三郎《はんざぶろう》製になる「隅田川諸白」は、本所中ノ郷《なかのごう》にある細川備後守《びんごのかみ》下屋敷の井戸水を用いているとのことだ。浅草駒形町《こまがたちょう》の内田甚右衛門《うちだじんえもん》製の「宮戸川《みやとがわ》」や

「都鳥《みやこどり》」とともに、江戸の銘酒とされていた。

もっとも信吾の母で会席、即席料理「宮戸屋《みやとや》」の女将《おかみ》繁《しげ》に言わせると、「地元の造り酒屋さんだから応援しているけれど、下り酒には勝てないわね」となる。

お盆に三本の銚子、盃、漬物を盛りあわせた皿を載せ、徳利を提げて波乃がもどった。

銚子を取りあげた寿三郎が、盃を手にするように波乃をうながした。ためらうと、

「いいから取りなさい」と信吾が小声で言った。

手にした盃に寿三郎が注ぐと、波乃はそれを下に置いた。

「飲めるんでしょう」

完太に言われ、「不調法でして」と波乃が首を振ると、おだやかに信吾が命じた。

「顔あわせなんだから、一杯はいただきなさい」

ところが、なおもためらうので信吾は続けた。

「あのときは飲んだじゃないか」

「だって、仮祝言でしたから」

「おっと、待った」と、鶴吉が信吾に向き直った。「仮であっても祝言を挙げたとなると、

立派な夫婦ってことじゃないか。信吾はさっき、嫁さんをもらっちゃいないと言ったぞ」

「もらっちゃいないことになっている、と言ったんだよ」

「どうちがうっての」

「だから、それを最初に話そうとしたんだ。だがそのまえに、お互いを紹介するのが先だな。阿部川町《あべかわちょう》にいろんな楽器を商ってる春秋堂《しゅんじゅうどう》さんがあるが、そこの下の娘さんで波乃さん。波は水面《みなも》にできる波で、乃は」と言って、空中にその字を書いた。「こちらが順に、完太、寿三郎、鶴吉。手習所時代からの大の仲良しだ」

波乃と三人は神妙な顔で頭をさげた。

「ところで」と、信吾は波乃に言った。「キューちゃんと、竹輪の友がわからなかったようだけど」

空中に指で字を書きながら、信吾は波乃に説明した。

信吾の読みを四ン五、つまり四ノ五と見て、足して九なので、キューちゃんとかキュー公が呼び名になった。

「そう呼ぶのはこの三人と、ほんの数人のごく親しい幼馴染だけなんだ。キューちゃんとかキュー公と呼んだ相手は、親友と思ってもらっていい。それから竹輪の友だが、竹馬の友のまちがいじゃなくてね」

そう言って信吾が目を遣《や》ると、完太は心得顔でうなずいた。

「おれん家は森田町《もりたちょう》で料理と茶漬けの見世をやってるんだけど、父にお客さんがあってね。手習所に通ってるころだったから、お国がどこかは忘れちまった。そのお客さんが、竹輪を土産に持って来てくれたんだ」

竹輪はスケトウダラ、サメ、ホッケなどのすり身に塩、砂糖、米粉、卵白を加えてよく練り、竹の棒に塗り付ける。それを焼いたものが焼き竹輪、蒸すか茹《ゆ》でであげたものを蒸し竹輪あるいは白竹輪と呼ぶ。

焼き終われば竹の棒を抜き取るのだが、なんでもその国ではトビウオのすり身を使うらしい。そのせいかどうかわからないが、焼くと粘りが強いためか棒を抜き取れないのである。

「だから竹の棒を両手で持って、身を齧《かじ》り取るように食べるんだ。最初に食べた一本が堪《こた》えられない味でね」と、完太は思い出したのか舌なめずりした。「仕舞ってあるところを知ってたんで、みんなが来たとき出して食べたのさ。そのまま齧っても、頰っぺたが落ちるくらい美味《うま》かった。夢中になって食べてるところに親父《おやじ》が帰って来て、怒ったのなんのって、ともかく凄《すさ》まじかったよ。使い物にするつもりで仕舞っておいたのを、おれたちが残らず食べちまったんだもの。四人とも正座させられて、半刻《はんとき》（約一時間）ばかりもひたすら叱られたんだ」

「頭をさげていたので説教は頭の上を通りすぎちまったけど、あの味は忘れられんよ。ともかく美味かったなあ」

鶴吉の言葉に寿三郎がおおきくうなずいた。

「たっぷりと油を搾《しぼ》られたこともあるのだろうが、美味い物となるとなぜか真っ先に、あの竹の棒に塗り付けられた竹輪を思い出す」

付け足すように完太が言った。

「あのあと何度か丸齧りの竹輪を食べたけど、二度とあの味には巡りあえなかったなあ」

「内緒で竹輪を盗み喰《ぐ》いして大目玉を喰らった仲だから、竹馬の友ならぬ竹輪の友」と、信吾は波乃に言った。「キューちゃんと竹輪の友のことはわかっただろうから、話を先に進めよう」

「仮祝言をしたんだな」と、待っていたように鶴吉が念を押した。「世間ではそれを夫婦になったという。なのにどうして、嫁さんをもらっちゃいないことになるんだよ」

「波乃には二つ上の姉がいてね」

信吾がそう言うと直ちに完太が口を挟んだ。

「上だから姉で、下なら妹だ」

「その姉が三月の」

「ってことは今月じゃないか」

「二十七日に華燭《かしょく》の典を挙げることになっている」

引き継いで波乃が言った。

「姉より先に妹が式を挙げるなんて、筋が通りませんと両親《ふたおや》に散々言われましてね」

「うんうん」「そりゃそうでしょう」「それが世間だから」などと、波乃が笑い掛けるといました」


三人は急に物わかりがよくなる。

「だったら式なんて挙げなくてかまいませんからって、あたし押し掛け女房になっちゃいました」

「なっちゃいましたと言ったたって」

幼馴染の三人は思わず顔を見あわせた。

「ちっちゃなころから夢だったんですよ、押し掛け女房が。だって、ものすごくかっこいいじゃないですか。なにも持たずに、身一つで押し掛けるなんて。それが図らずも叶《かな》うことになりまして」

「いくらなんでもそりゃまずいと親たちが言ったものだから、姉の式が終わったあとで披露目の式をすることになっているんだ。三人にはそれまでに打ち明けようと思っていたのに、不意に押し掛けて来たんだよ」

「押し掛けだったら波乃さんだろうが」

「おや、寿三郎。今日はなかなか冴《さ》えてるじゃないか」

「今日は、だけ余計だ。それに、そんなことで騙《だま》されやしないぞ」

「力まないでおくれ、いい子だから」

「こいつ」

「ということだから、波乃の姉の式が終わって、おれたちの披露目の式がすむまでは、嫁をもらっていないことになってんの」

完太と寿三郎、そして鶴吉は顔を見あわせたが、だとすれば今さらあれこれ言っても始まらないとの結論に達したようだ。

「それにしても、おれが一番遅いだろうなと言ってたんだぜ、信吾は。もしかしたら一生独身《ひとりみ》ですごすかもしれない、なんて言ってたやつに一番乗りされるとは思いもしなかったよ」

寿三郎の言葉にだれもがうなずいたので、信吾は弁解した。

「おれは本当にそう思っていたんだよ。家を出て、始めた商売もどうなるか、まるで見通しが立たない。そんな男んとこに、嫁さんがくるなんて思いもしなかったもの」

「なんでこんなことになったんだよ」

つぶやいた鶴吉に波乃が笑いを漏らした。

「なんだか、とんでもない災難に遭ったみたいですね」

「女難、とはちがうか」

完太が訊《き》いた。

「波乃さんに見惚《みと》れていてうっかりしていたけれど、信吾はたしか、阿部川町の春秋堂って言ったよな」

「それがなにか」

「とすると阿部川町小町か。阿部川町に美人がいるって噂《うわさ》は聞いていたが、それがこの人だったとは」

完太の言葉を奪うように鶴吉が言った。

「阿部川町の二人小町、小町姉妹って言われてるけど、その妹さんか、波乃さんは」

「え、初耳だよ」

信吾は思わず波乃を見た。

「まあ、うれしい。そんなふうに言われてるのですか。二人お多福だって、からかわれたことはありますけど」

「そりゃないでしょう。多分子供のときに、モテない女の子が悔し紛れに言ったに決まっています。美人だし、春秋堂と言えば江戸では知られた見世で、嫁にほしいって話は降るほどあると思う。そんな波乃さんが、なんで信吾なんかといっしょになったのか、気が知れないね」

そう言ったのは鶴吉だが、完太も寿三郎も思いはおなじであるようだ。

「あら、なぜでしょう。そんなに変かしら」

「変も変。だって信吾は浅草一と評判の高い老舗料理屋を弟に譲って、自分は将棋会所と相談屋を始めたんだぜ。気が変とまでは言わないけれど、どう考えたって、まともな男のやることじゃないもの」

困りましたね、とでも言いたげに波乃が信吾を見た。

「家の人は反対しなかったんですか」と、訊いたのは寿三郎である。「信吾もそうだけど、特に波乃さんは反対されたと思いますがね」

「はい。されました」

「でしょう」

「姉に猛反対されましてね。それでもあたしが信吾さんといっしょになりたいと言ったものですから、一時は姉妹の縁を切るとまで言われました」

「と思いますよ。ご両親は反対なさらなかったんですか」

「あたし、子供のころから変わり者でしたから、両親は早くから諦めていたのではないかしら。姉はしっかり者ですし、常識もわきまえています。ちゃんとしたお婿さんをもらいさえすれば、安心して春秋堂は任せられますからね。心配なのは出来の悪い妹だけど、もらってくれる人がいるとわかって、ほっとしたみたいです」

二

「だからって、なにも信吾といっしょにならなくても、まともな男はいくらでもいるでしょう」

「まともな男じゃないからいっしょになったんだ、って言ってやんなよ」と、信吾が波乃に言った。「どうせわからないとは思うけどね」

「子供のころから、あたしはありきたりな人といっしょになって、ありきたりな一生を終えたくないと思っていました」

急に話が飛んだように感じたのだろう、三人は思わず顔を見あわせた。

「だってそうでしょ。人は一度しか生きられないのに、ありきたりにすごすなんて、もったいないじゃないですか」

「だからって、なにも信吾と」

「寿三郎、その台詞《せりふ》二度目だぜ。ちょっとくどすぎないかい」

「波乃さんは、信吾がありきたりじゃなく見えたってことなんだけど、なんでそう思ったの」と、完太が言った。「できたら教えてほしいな」

「瓦版、みなさんはご覧になられましたか」

「もちろん。でもあんなに驚いたことはなかった。浅草東仲町《ひがしなかちょう》の料理屋『宮戸屋』の長男で、見世を弟に継がせることにして、自分はよろず相談屋と将棋会所を始めたとあるから、まちがいなく信吾なんだよな。ところが武芸やら護身術やらをやっていて、九寸五分《くすんごぶ》を持った破落戸《ごろつき》と渡りあったってんだもの、武芸をやってるなんて、まるで知らなかったからね」

「ああ、おれも知らなかった」と、信吾は竹輪の友たちを笑わせた。「喧嘩《けんか》慣れしたならず者と書かれていたけれど、酔っ払って赤い顔をしていたとか、足がふらついて短刀を取り落としたなんて書かれてないんだもの」

「で、波乃さんは、あの瓦版をご覧になったんですね」と、これは寿三郎だ。「それで信吾とわかって驚いたということですか」

「いいえ。父がお客さまを宮戸屋さんにご招待していることは知っていましたが、信吾さんのことは知りませんでした。浅草一の、江戸でも五本の指に入るだろうという料理屋の若旦那が、見世を弟に譲ってべつの商売を始めたというではないですか。それだけでも凄《すご》いのに、脅して金を捲《ま》きあげようとやって来た破落戸を簡単にやっつけたんでしょう。どこまでが本当かわからないけれど、こんな絵に描いたような痛快無比な男がいるとしたら、一度会ってみたいと思いますよね。そうでしょう」

「え、ええ。すると瓦版を見て初めて信吾を知ったんですね。それで将棋会所、それとも宮戸屋へ」

「若い娘ですからそんなことはできません。宮戸屋さんで家族で食事をして、その席に信吾さんを呼んでもらいたいと、父をそそのかしましたの」

「悪い娘だなあ」

「でしょう。父はあたしには甘いんです」

そこからは完太と鶴吉が矢継ぎ早に訊いたが、波乃の受け答えも二人に負けぬくらい早かった。寿三郎だけは、口を開けたままぼんやりと波乃に見入っていた。

「で、信吾を見て一目惚れしちまったんですか」

「まさかぁ」

「当然だよね。すると、がっかりしたんだ」

「まさか」

「まさか、と思ったんでしょ」

「まさかぁ」

おなじ言葉の繰り返しなのに、微妙に調子が変わるので、妙におかしく感じられて笑いが弾《はじ》けた。

完太が笑いを押し殺すように言った。

「もうひと言、なにか言っても、まさかぁと切り返されそうだ。で、信吾に会ってあれこれ訊いたんですね」

「いいえ。話をしたのは父と母で、あたしは黙って聞いていました」

「聞いていただけで惚れちゃったんですか」

「まさかぁ」

「またしても、まさかぁ、ですか。これじゃ話が進まない」

「ただ、そんじょそこらにいる人じゃないと思いました。今まで見たことのない、接したことのない人でした」

「なんだか、惚気《のろけ》を聞かされてる感じだなあ」

「あ、ごめんなさい。そんなつもりでは」

「いや、いいんですよ。気にしないで。だけどふしぎだ」

「なにがですの」

「波乃さんが話すのを聞いてると、なぜか信じられるんだよな」

「気持を正直に伝えてるだけですけど」

「おれ、嫁さん、もらおう」

それまで黙っていた寿三郎が唐突にそう言ったのでだれもが驚いたが、見れば顔を真っ赤にしている。

「なんだよ、急に」

呆れたやつだなという顔で完太が言ったが、寿三郎は赤い顔のまま意気ごんで喋り始めた。

「そろそろ年ごろなんだから、身を固めなさいってお袋にしょっちゅう言われてるんだ。親戚の人にも、近所の人からもね。おれが一番遅いだろう、もしかしたら嫁さんはもらわないかもしれないと信吾は言った。おれは言わなかったけれど、おなじ気持だったたんだ。なぜって周りを見ていてね、嫁取りってことに期待できなかったんだよ」

まるで思い詰めたような顔なので、だれも口を挟めなかったほどだ。寿三郎はその理由を並べ始めた。

おしとやかを絵に描いたような娘さんだったのに、半年もしないうちに亭主を尻に敷き、顎でこき使っている。亭主のひと言にその十倍も、がみがみと呶鳴《どな》り散らす。亭主は口では敵《かな》わないので手を出すか、でなければ諦めて黙りこんでしまう。

この人といっしょになれないくらいなら、ひと思いに死んでしまいます。生まれるまえから、二人は赤い糸で結ばれていたのです。比翼連理とは、まさにあたしたちのことなんですよ。そこまで言っておきながら、おなじ屋根の下で暮らし始めると、朝から晩まで喧嘩ばかり。

女房の妬《や》くほど亭主もてもせず、との川柳があるが、ほかの女の人に笑顔を向けただけで嫉妬に狂う女房がいる。だれが見たってもてないとわかっているのに、女房だけが嫉妬の炎をめらめらと燃やす。雌犬の頭を撫《な》でただけなのに、涙を流して掻《か》き口説く。

「そういうのを厭《いや》というほど見てきたから、女の人とか、所帯を持つってことに、夢も希望も持てなかったんだよ。だから信吾のように、といっても、今の信吾じゃなくて波乃さんを知るまえの信吾だけど、のんびりかまえていたんだ。場合によっては独身で通してもいいなって。いや、そのほうがずっと気楽だし、やりたいことをやれるから、って」

　言いたかったことを言い尽くしたからか、真っ赤だった寿三郎の顔はいつの間にか鎮まっていた。それを見て完太が言った。

「信吾と波乃さんを見ていて、気が変わったのだな。羨ましくなったのだろう」

「うん」

「えらくすなおじゃないか。だが、波乃さんのような人はまずいないよ」

「捜す」

「見付かればいいがな」

「なんとしても見付けるよ」

「難しいぞ」

「覚悟の上さ」

「おれ思うんだけどね」と、鶴吉が完太と寿三郎の会話に割りこんだ。「亭主を尻に敷いた女も、赤い糸も、焼餅焼きも、娘のときはおしとやかで、すなおで、可愛《かわい》らしかったと思うんだ。少なくともそう見せていた。だれだって初めは素顔を見せないもの。そんな女の正体を見抜ける男は、まずいないんじゃないかな。外面如菩薩内心如夜叉《げめんにょぼさつないしんにょやしゃ》って言うだろう、見た目は菩薩さまのように美しく和やかでも、その心は夜叉のように残忍邪悪なんだよ。女の人の九割九分九厘までは、そうだと言ってまちがいない」

「あら、どうしましょ」

「あッ、波乃さんは、九割九分九厘には入っていません。数少ない、稀《まれ》に見る例外です」

鶴吉は滑稽なほど狼狽《ろうばい》した。

「苦しい言い訳ですね。汗掻いてますよ」

「いや、そうじゃない」と、信吾が真顔で言った。「おれ、鈍くて気付いていないだけで、とっくに波乃の尻に敷かれてるのかもしれないな」

「それを気付かせないということは、波乃さんは稀に見る凄腕ということだ」

「厭ですよ。仮祝言を挙げたばかりなのに、悪い噂が立ってしまうではありませんか」

そのとき犬がけたたましく吠《ほ》えた。

「波《なみ》の上《うえ》だわ」

「のようだね。門からだれかが、覗《のぞ》きこみでもしたのかな」

「波乃さんの上ってかい。どういうことだ」

完太がそう訊いたが、勘ちがいするのもむりはないだろう。

「波乃の上ではなくて、波の上だ。小僧の常吉《つねきち》が飼っている犬の名だよ」

信吾はよろず相談屋と将棋会所「駒形」に使っていた貸家から、隣接した今の貸家に移った。波乃といっしょになるためである。「常吉はどうする」と訊いたら、新婚の二人に気兼ねしたのか、これまでどおり将棋会所に寝泊まりするとのことであった。

朝と夜は新しい借家に常吉が来て食事し、昼は将棋会所があるので、信吾と交替で食べるようにしていた。食事は、モトに教えてもらいながら波乃が作っている。

将棋会所は常吉一人だと不用心なので、仔犬《こいぬ》をもらってきて番犬に育てていた。信吾には、危険が迫ればさまざまな生き物が報《しら》せてくれるというふしぎな力があるのだが、常吉はそのことを知らないので安心させるためもあった。それでも不安だろうから、紐《ひも》を引っ張ると新しい借家で鳴子代わりに鈴が鳴るようにしておいた。

また、その逆の連絡もできるようにしてある。両家とも南に面して八畳と六畳の座敷、その北側に六畳座敷と板の間と、間取りが田の字になっていて、それにお勝手や奉公人部屋と土間が付いていた。

田の字の中心に大黒柱があり、鈴はそこに取り付けてあるので、どこにいても聞くことができた。

信吾と常吉への食事のときと、信吾へ来客などを報せる連絡用だ。合図は食事が一度、来客が二度、その他が三度で、念のため少しのあいだを置いて二度ずつ鳴らすことにしていた。

なお信吾は、対局中や指導で離れられないことがある。その場合の昼の食事や来客への返答は、一度だけ鳴らすことにした。鈴が鳴らなければ了解ということだ。

犬の名を付けるとき信吾は常吉に訊いた。

「名前だけど、波の上はどうだ」

褒美代わりに好きな店屋物を取っていいぞと言うと、「だったら鰻重《うなじゅう》」と答えたので、上中並の中を頼んでやった。中は並の上なので、洒落《しゃれ》て波の上と言うのだと教えたのである。それ以来、なにか喰っていいと言うと、かならず「だったら波の上」と言うようになっていた。

一瞬、顔を輝かせてから常吉は曇らせた。

「いいですけど、波の上だと犬のくせに波乃さんの上になって、いくらなんでもまずいんじゃないですか」

「波乃に訊いてみよう」

常吉と鰻重のことを知った波乃は、気を悪くするどころかおおいにおもしろがったのである。ところが常吉は大旦那の正右衛門《しょうえもん》、女将の繁、大女将の咲江《さきえ》が許す訳がないと言った。そんなことに気が廻るまでに、成長していたのだ。

だったら試してみようと、咲江のいるところで「波の上、波の上」と犬を呼んだのである。咲江は変な顔をしたが、波乃がにこにこしているので、「さすが波乃さんだわ」と手を叩《たた》いて大笑いした。

大女将がそうなので、正右衛門と繁も渋々ながら認めるしかない。ただし春秋堂の人たち、旦那の善次郎《ぜんじろう》、女将のヨネ、姉の花江《はなえ》のいるところでは絶対に呼ばないようにと釘《くぎ》を刺したのであった。

そのような事情で、ちょっと変わった犬の名となったのである。

波の上が吠えたので、あるいは伝言箱にだれかが紙片を入れたのかなと信吾は思った。

相談に来たことを知られたくない人のために、伝言を入れる箱を、将棋会所「駒形」とよろず相談屋の看板の下にさげておいた。新しい借家にも、よろず相談屋の看板と伝言箱を取り付けてある。

犬の鳴き声で会話が中断したが、気が付くとだれもほとんど酒を飲んではいなかった。波乃が次々と注ぎながら勧める。

「波乃さんはありきたりな人生をすごしたくないので、ありきたりでない人を捜してたんですよね」

完太に言われて波乃は首を傾《かし》げた。

「はい。それがなにか」

「瓦版で信吾を知って、お父上に頼んで座敷に呼んでもらったんでしょう。そして、そんじょそこらにいる人じゃないと思った、とおっしゃいました」

「はい」

「わたしに言わせますとね、波乃さん、あなたのほうが余程、そんじょそこらにいる人じゃないですよ」

「そうだそうだ」

鶴吉と寿三郎が同時に言った。

「どうしたんだ、信吾。くすぐったそうな顔をして」

完太に言われ信吾は頭を掻いた。

「うっかり、そうだそうだと言いそうになったんだよ」

波乃は口を押さえたが、抑えきれずに笑いが漏れてしまった。

「改めて見直すと、信吾と波乃さん、二人はよく似てるなあ。そっくりだぜ」

そう言ったのは寿三郎である。

「破鍋《われなべ》に綴蓋《とじぶた》って知ってるよね」

信吾の問いに答えたのは鶴吉であった。

「罅《ひび》の入った鍋には、あちこち修理して継《つ》ぎ接《は》ぎだらけの蓋が似つかわしい、って意味だろう」

「おれと波乃はそれだそうだ。祖母に言われたよ、これほど見事な破鍋に綴蓋はないって太鼓判を押された」

「咲江さんか。さすがによくわかっているなあ」

寿三郎が感心しきったという声を出すと、鶴吉が言った。

「だけど、それって、欠点だらけの人にも、それにふさわしい相手がいるってことじゃなかったっけ。あまり良い意味ではないんだろう。信吾は欠点だらけだけど、それにふさわしいとなると波乃さんが気の毒だ」

「おれにとっては、最高の褒め言葉なんだけどな」

信吾がそう言うと、完太が呆れたもんだという顔になった。

「なるほど、信吾はそんじょそこらにいる人じゃねえや」

透かさず寿三郎が言った。

「そんじょそこらにいる、を取っちまえよ」

「人じゃねえってか」

酔いが廻り始めたからかもしれないが、話は次第に馬鹿げた、取り留めのないものになっていった。だれもがよく語りよく笑ったので、酔いが心地よい。

波乃といっしょになってからも、信吾は夜の木刀の素振り、鎖双棍《くさりそうこん》と棒術の型の鍛錬、朝の鎖双棍のブン廻しは欠かさずやっていた。

しかし九ツ（零時）まで喋っていたので、その日はさすがに休むしかなかった。武芸は一日休むと、取りもどすのに三日掛かると言われている。

ま、しかたがない。そんな日もあるさ、と信吾は自分に言い聞かせた。波乃が敷いてくれた蒲団《ふとん》に潜りこむなり、寝息を立てていたのである。

三

翌朝、信吾は嗽《うがい》手水《ちょうず》をすませると、いつものように庭に出て鎖双棍のブン廻しを始めた。

喋りかつ笑いながらだったので発散したのだろう、けっこう飲んだはずなのに酔いが宿ることはなかった。ブン廻しも、前日と変わらぬくらいはっきりと、鎖の繋《つな》ぎ目《め》を見ることができたのである。

伝言箱にはなにも入っていなかった。

念のために将棋会所のほうを覗くと、一通の紙片が入っていた。足もとに波の上がまとわりつく。犬の頭を撫でてやりながら開くと、思ったとおり住まいも名前も書かれていなかった。

「おはようございます、旦那さま」

「おはよう、常吉」

「伝言が入ってましたか。そういえば波の上が吠えていましたね」

「すっかり番犬らしくなったから、常吉も安心だな」と言いながら、信吾は紙片を懐に押しこんだ。「飯ができたようだから、喰いに行こう」

「算盤《そろばん》の稽古が途中ですけど」

以前は居眠りばかりしていた常吉だが、将棋を指すようになってから感じるところがあったらしい。信吾が命じなくても、算盤や手習いの稽古を自分からするようになっていた。

「食べてから続きをやればいい」

うなずいた常吉が波の上に言った。

「餌を楽しみに待ってろよ」

ワンワンと犬が吠えた。放し飼いにしてあるが、波の上は呼ばないかぎり、両家の境を越えることはない。

戸締りをして、二人は庭から隣の借家に移った。それまで境は生垣になっていたが、自由に行き来できるよう柴折戸《しおりど》を取り付けておいたのだ。

信吾たちは板の間で食事をしている。

仮祝言の日、それぞれの親は気を利かせて常吉は宮戸屋に、モトは春秋堂に連れて帰った。そのため新婚初夜の翌朝は二人だけの、気恥ずかしいような照れ臭いような、まごとにも似た食事となった。モトに教えてもらっていたので、朝食くらいは波乃にも作れるようになっていたのである。

そして最初の日の昼ご飯だが、信吾と波乃の箱膳しか用意されていない。どうしたのだと訊くと、「わたしと常吉は、のちほどいただきます」とモトは言った。

昼は将棋会所があるので、信吾と常吉はどちらかがあとからになる。モトの口調では、これからは朝と夜は、奉公人はあとで食べるということのようだ。

「よしとくれ、モトさん。四人しかいないのになにを言うんだよ。しかもおなじ屋根の下で、しょっちゅう顔を突きあわせてるんだから、べつべつに食べるほうが変じゃないか」

「ですが、それでは世間が」

「何十人も奉公人のいる大店じゃないのに、そんな区別をするほうがおかしい。それに世間がと言うけれど、ここがわたしらの世間なのだから」

「ではありますが」

モトが躊躇《ちゅうちょ》しているのは、春秋堂のヨネに強《きつ》く言われているからだろう。

「食事どきに春秋堂や宮戸屋から人が来ることはまずないが、万が一来ることがあれば、そのときだけそれらしくやってごまかせばいいんだよ」

「だからわかったでしょ、モト」と、波乃が言った。「母から言われているのだろうけど、ここでは信吾さんがご主人なの。旦那さまに従ってくださいね」

渋々と従うようになったが、それでもモトは、世間一般での流儀を押し通そうとする傾向があった。

商家ではなにかと慌ただしいので、朝昼晩の三度三度ご飯を炊くことはしない。ほとんどが朝か夕方のどちらかである。長屋住まいの住人にしても、おなじようなものだろう。

春秋堂では、朝は一日の始まりなのでご飯を炊き、煮物あるいは焼き魚か煮魚を惣菜《そうざい》として出しているらしい。昼はお茶漬けで、夜はやはりお茶漬けだが煮付けなどが一皿付いているとのことだ。

宮戸屋の場合は朝の四ツ（十時）から昼の八ツ（二時）、夕刻の七ツ（四時）から夜の五ツに客入れとなる。そのため春秋堂とおなじく家族と奉公人のご飯は朝に炊き、総菜も付けていた。腹が減っては戦にならぬということだ。

昼休みは遅く、八ツから七ツに交替ですませるので、お茶漬けとなる。夜食は五ツすぎで、やはり茶漬けになにか一品が付いていた。評判の料理屋なので客に好き嫌いがあっても、手付かずの料理が残ることはまずなかった。

モトは母親のヨネが、波乃に炊事、洗濯、掃除を教えるために付けて寄越《よこ》した女中である。

洗濯と掃除はすぐに覚えられたが、炊事はそうもいかない。季節によって素材が変わるし、おなじ材料を使っても料理法は多彩であった。じっくりと教えるため、黒船町《くろふねちょう》に移ってからはあわただしい朝ではなく、ご飯炊きも料理も夜を主とするようにしていた。

信吾が浅草で一番と言われる料理屋の息子ということもあって、モトは相当に神経質になっていたようだ。ところがどんな料理を出しても、信吾は文句を言うどころか「美味しい」と舌鼓を打って食べるので、却《かえ》って不安になったらしい。

あるいは早く波乃と二人だけになりたいので、モトを春秋堂に帰したいからだと思って悩んだようである。教えてもらいながらの遣り取りの中で、波乃はそんなふうに感じることがあったらしかった。

もちろん信吾にはそんな気持は毛頭ない。どんな料理も美味しく感じられる、幸せな舌の持ち主なのかもしれなかった。

迷いながらも、モトは自分の納得のいくまでは教えようと決めたらしい。波乃には手控えに書き取らせながら、それぞれの季節の旬のものや、素材の持ち味を活《い》かす料理法を根気よく教えこんでいた。

料理だけでなく、衣替え、洗い張り、棒手《ぼて》振《ふ》り行商人との値引き交渉法、打ち水、夏は井戸で瓜などを冷やすこと、消し炭の作り方など、四季全般に渡って主婦の仕事を手控えに書き取らせたのである。「赤さんができたときには言ってくださいね、いろいろ教えなくてはならないことがありますから」と言われ、波乃は思わず顔を赤くしたとのことだ。

モトは奉公人だからだろうが、自分と常吉の箱膳は土間側に据えるようにしている。

信吾も、そこまで細かくは言わないようにしていた。杓子定規《しやくしじようぎ》すぎると思ったときに、それとなく注意するくらいである。

朝食を食べ終わった常吉は「ご馳走《ちそう》さま」と言って、モトが用意した犬の餌を入れた皿を手に将棋会所にもどった。算盤や手習いをすませると、客たちが来るまえに将棋盤と駒の用意をし、茶を淹れるために湯を沸かしておかなければならないからだ。

信吾は懐から伝言を取り出して開いたが、一瞥《いちべつ》しただけで切羽詰まった用件でないとわかる。依頼人の住まいと名前はなく、今夕、六ツ（六時）に柳橋《やなぎばし》の料理屋においで願えるとありがたい、というものであった。女将に「よろず」と言ってもらえればわかるようにしておく、と認《したた》めてある。

「お仕事ですか」

信吾の膝まえに湯呑茶碗《ゆのみぢやわん》を置きながら、波乃が言った。

「ああ。晩ご飯はいいからね」

「はい。わかりました」

信吾は将棋会所で暇ができれば、どこからでも読めて用があればすぐ中断してもいいような、戯作本《げさくぼん》など軽めの読み物を読む。住まいでは知識を得るためとか、担ぎの貸本屋の啓《けい》さんが薦めてくれる話題の書などを読むようにしていた。

朝、信吾が将棋会所に出るのは五ツ（八時）まえである。指導することも、対局料を取っての勝負もあるが、本を読む時間はけっこう取れた。

信吾と波乃がいっしょに住んでいることは、将棋の常連客たちは知っている。最初は冷やかされたこともあった。信吾がただにこにこ笑うだけなのと、波乃が将棋会所には顔を出さないので、いつの間にかだれもなにも言わなくなっていた。

鈴が鳴ったのは四ツごろである。

チリリンチリリンと二度、少し間を置いてやはり二度鳴った。波乃からの来客の合図だが、相談屋の客かどうかはわからない。

将棋会所「駒形」の家主である甚兵衛《じんべえ》と常吉に断って庭に出、柴折戸を押すと控え目な女性の笑い声が聞こえた。と同時に、初夏らしい明るく爽やかな着物や帯の色が、目に飛びこんできた。

卯月《うづき》なので障子は開け放ってある。客は波乃と同年輩の若い女性二人で、相手のお辞儀に会釈を返しながら、信吾は沓脱石《くつぬぎいし》からあがった。客の二人が着飾っているだけに、落ち着いた普段着の波乃は、いかにも新妻らしく見える。

波乃が二人を紹介した。

「あたしの竹輪の友で、シズさんと日向子《ひなこ》さん。日向子さんは、雛鳥《ひなどり》のヒナではなくて日向《ひなた》のヒナなの」

「信吾でございます。どうかよろしく」と言ってから、信吾は波乃を見た。「竹輪の友ということは、噂を聞いて驚いて駆け付けたということかな」

「そうなんです。信吾さんの竹輪の友をひっくり返したようで、友達甲斐《ともだちがい》がないとひどく叱られたのに、思わず笑っちゃいました。ですから誤解を解くために、瓦版のことか、宮戸屋でお食事したこと、破鍋に綴蓋、押し掛け女房なんか、洗い渫い《あらいざらい》話しておきました。そしたら二人が、どんな顔か見たいと言うものですから」

「そうじゃないのです、信吾さん」と、日向子が言った。「波乃が自慢の旦那さまを、是非とも見てほしいと」

「あら、そんなこと言いませんよ」

「口は言わなくても、目が言ってました」

日向子の言葉に、シズが笑いを含んだ声で言った。

「波乃の目が口以上に物を言うことは、とっくにおわかりですよね。旦那さまには」

「それよりも、シズさんと日向子さんが、波乃の竹輪の友ということがよくわかりましたよ」

「竹輪を食べ損なった竹輪の友です」

日向子がさり気なく言ったが、このような遣り取りができるので、二人が波乃と気があうことが信吾は納得できた。

「となると、一対一でも太刀打ちできないのに、三対一となるとお手上げです。投了するしかありません」

「投了はね」と、波乃が二人に説明した。「将棋で負けを認めて、途中で勝負を投げることなの」

「あれ、波乃は将棋を知ってたっけ」

シズに訊かれ、波乃は澄まし顔で答えた。

「存じません。門前の小僧習わぬ経を読む、ですよ」

「だって、将棋会所は旦那さまのお仕事の場だから、顔を出さないのでしょう」

「夕ご飯のあとで半刻か四半刻（約三〇分）、小僧の常吉に教えてらっしゃるのを、縫物なんかをしながら遣り取りを聞いていますから、自然とわかるようになりました」

「だったら教えてもらいなさいよ。ご夫婦で将棋を楽しめるなんて、まず、できることではないですから」

波乃がシズに答えるよりも一瞬早く、日向子が言った。

「旦那さまを負かすと顔を潰してしまうので、妻としてとてもそんなことはできませんものね」

なるほど波乃の親友だけある、と信吾は感心した。自分の竹輪の友、完太と寿三郎、そして鶴吉は随分と子供っぽくて、とてもかなわないな、と思った。

「それはいいかもしれない。将棋会所は波乃に任せて、わたしは本来の仕事である相談屋に集中できる。真剣に考えてみるべきだな」

チリリンチリリンと大黒柱の鈴が鳴ったので、シズと日向子が怪訝《けげん》な表情で見あげた。対局なり指導なりの用が生じたので、甚兵衛か常吉が連絡を寄越したのである。

「仕事が入ったようなので、失礼しなければなりません」と、信吾はシズと日向子に言った。「どうか、ごゆっくりなさってください」

四

「よろず相談屋の信吾さまでございますね、お待ちかねでございます」

日本橋本石町《ほんこくちょう》三丁目の時の鐘が六ツを告げるのを聞きながら料理屋の敷居を跨《また》ぐと、こちらが名乗るまえに声を掛けられた。なにもかも心得ておりますという顔で、女将は先に立って階段を昇る。

「お見えになりました」

「お入りください」

落ち着きのある女の声がした。

入ってすぐの場に正座して深々と頭をさげると、背後で襖《ふすま》が閉められた。

まずは型どおりの挨拶を交わす。

意外だったのは、相談客が一人ではなかったことだ。

瓦版で話題になってからというもの、家族の席に呼ばれたことは多かったし、仲間内の会合に招かれたこともある。だがそれはどれも相談ではなく、信吾の風変わりな体験を聞きたいというものであった。

相談となると、これまでは判で捺《お》したように一人であった。悩みや心配事はほとんどが個人的なものだから、それは当然かもしれない。

ところが柳橋平右衛門《へいえもん》町《ちょう》の、料理屋の二階座敷で信吾を待ち受けていたのは二人、それも男と女であった。

男は若くて信吾と同年輩、女は母の繁とおなじ年頃だろう。面差しに似たところがあるのは母子《おやこ》だからであって、いい齢《とし》をした女と若い愛人とは思えない。

信吾は一瞥してそれを見取ったが、その思いはひとまず横に置いた。思いこみがあっては、冷静に対処できないことがあるからだ。

大名家の江戸留守居役たちの集まりに招かれたことがあったが、後日、そのときの一人に席に呼ばれたことがある。相手が名を告げなかったので、信吾なりにどの人物かを予想していた。ところが相手は信吾が七名の中で一番可能性が少ないと見て、最初に外した人物であった。

時刻がわかっているので準備をしておいたのだろう、女将と仲居がすぐに酒肴《しゅこう》を運びこんで銘々のまえに並べた。皿や鉢を見たところ、註文《ちゆうもん》の料理を一度に出してしまうやり方のようだ。あとはその都度、酒を追加するということらしい。

「宮戸屋さんには、とてもお口にあわないでしょうが」と、女将たちがさがるのを待っていたように女が言った。「どうかお召しあがりください」

何品かに箸を伸ばし、盃を口に運んだところで女が言った。

「急にお呼び立ていたしまして、申し訳ございません」

「いいえ、相談屋のお客さまは、お急ぎの御用が多うございますので」

「勝手な言い分ではありますが、住まいと名前、商いのことなどは伏せたままで願いとう存じます」

「心得ております。料理屋の女将や仲居とおなじで、お得意さまに関しては絶対に洩《も》らさぬようにしておりますが」

「それでも明かさない客が多いようですね」

それには答えず笑みを返す。

相手はいかにも商家の女主人らしく、どっしりと落ち着いて感じられた。冷静なだけでなく、どことなく冷ややかな印象も受けたのである。相談するに足る人物だろうかと、値踏みしているのかもしれない。

一方の息子と思える若者は、そわそわとして落ち着きがなかった。目が絶えず動いていて、しかも妙に粘っこいのである。

女と話していてちらりと目を向けると、じっと見詰めていて、狼狽気味に目を逸《そ》らす。信吾はその顔、そして目をどこかで見たような気がしてならなかった。

「信吾さんは二十歳《はたち》とのことだそうですが」

瓦版に載ったときが二十歳だったので、それが記憶に強く残っているのだろう。するとまたしても瓦版絡みかもしれないなと思う。

「はい。今年で二十一となりました」

「どっしりと構えてらっしゃるので、三十歳だと言われても通りますね。一つ下ですが」と、女は若者を見てすぐ視線を信吾にもどした。「息子とは、まるで較べものになりませんもの」

やはり母子だったのだ。母親に頼りないと言われたも同然なのに、息子はさほど不快さを顔に出さなかった。

「なにしろ若造ですので、いくらかでも老成した雰囲気を出しませんと、お客さまに信用していただけませんから」

「正直な方ね」

女は微かに笑みを浮かべたが、それが初めての笑いであった。笑いはすぐに退《ひ》いた。

「どうやら、それも商売上の売りのひとつのようですが」

そのような話し掛けには変に反応しないほうがいい、というのがこれまでの相談客相手で得た経験だ。

「いきなり相談を切り出してもお困りでしょうから、ごく簡単にではありますが、こちらの事情と申しますか、なぜ相談することになったかの経緯《いきさつ》を話しておきましょう」

そう前置きして母親は話し始めた。

そこそこの見世を構えている商家だそうで、七年前に亭主に死なれたとのことであった。十三歳と十一歳の二人の息子が残されたが、連れて来たのは長男なので二十歳という計算だ。となると母親は四十歳前後で、信吾の母繁とほぼ同年齢となる。

商売に関しては番頭が有能かつ忠実な男なので、息災だったころの亭主もほとんど任せて、帳面を確認するくらいであった。そのためあるじ亡きあとも、滞りなく商売を続けてこられたそうだ。

おかげで彼女としては、二人の息子にほとんど掛かり切りになれた。商売に関しては番頭が手取り足取りして教えているので、あとは息子に嫁を取り孫が生まれさえすればと、順風満帆だったのである。

これからというときに父に死なれたということもあるだろうが、息子たちもそれなりに自覚しているようであった。

長男は十八、九になると酒も女も覚えたようだが、溺れたり深入りしたりすることはなかった。また悪い仲間に誘われて博奕《ばくち》の世界にのめりこむ、などということもなかったのである。

三十歳をすぎて程なく亭主を亡くしたということで、亭主側の縁者からは当然として、自分の親戚からも厳しく見られることになった。しかし注意されるとか、叱言《こごと》を垂れられることもなくやってこられたのである。

ところがここにきて、長男が商売に身を入れなくなってしまった。番頭に言われたただけのことはするのだが、それまでのように自分から進んでというふうでない。そればかりか無口になって、ぼんやりとしていることが多く、あれこれ訊いても、答えるには答えるのだが上の空であった。

若い男のことである。好きな娘ができたのに打ち明けられないとか、手強い競争相手がいるとか、身分や住む世界がちがいすぎるので、母や親戚たちが許してくれるはずがないと思いこみ、一人で悩んでいるのかもしれなかった。

あるいはのっぴきならぬ事情があって金が必要となったが、どうにもできない大金なのだろうか。それとも自分がなんとかすると請け負いながら、なにもできぬので困っていることも考えられた。いや、もしかすると高利貸しから借りていて、その返済期限が迫っているのかもしれなかった。

そこである日、膝を突きあわせてあれこれと訊き質《ただ》したのである。しかしのらりくらりとはぐらかすばかりで、まともに答えようとしない。

宥めたり賺《すか》したりしても煮え切らないので、ついに我慢しきれず叱り飛ばした。思いもしない母親の剣幕に驚いたらしく、仕方なく打ち明けたのだが、なんとも呆れ果ててしまった。

弟に見世を任せて、自分はべつのことをやりたいと言ったのである。なぜなら自分よりも弟のほうが、余程この仕事に向いているからだと言う。

向き不向きのことなど、母親にしてみれば話にもならない。自分では一人前のつもりかもしれないが、小僧に毛が生えたくらいの分際でしかないのだ。商売のイロハもわかっていないのに、向きも不向きもあったものではない。

であればなにをするつもりなのか、一体なにをやりたいと思っているのかと問うても答えない。まだ決まっていないのか、話したところで頭ごなしに反対されるか、でなければ絶対に許してくれないのがわかっているから話す気になれないのか、とあれこれ思いを巡らせたが見当も付かなかった。

母親はそれ以上問い詰めることはしないで、息子が気も漫《そぞ》ろとなり、商売に身が入らなくなったのはいつからかを思い起こした。そうなるに至ったきっかけというものがあるはずだと思って、改めて洗い直してみたのである。

どれくらいの時間が経《た》ったであろうか。気が付いたとき、息子は両方の膝に握り拳を押し付けたままであった。母親が黙ってしまってからかなり経過したはずだが、まるで塑像のように固まったままで、ひと言も発しなかったのである。

母親は思い出した。

息子がどことなくぼんやりするようになったのは、前年の師走に入ってほどなくであったことを。

となると、あれしかないではないか。

だからといって、すぐに切り出すようなことはしない。そこは嫁して十五年あまりも嫁として夫を支え、夫の亡きあとは商家を守り抜いてきた二人の息子の母である。どうすべきかは承知していた。

「わかりました。いえ、おまえのやりたいようにやりなさい、というのではありません。なにを考えているかがわかったというだけです。世間知らずのおまえは、それでなんとかなる、自分はできるはずだ、新しい道が拓《ひら》ける、いや、拓いてみせると意気込んでいるのでしょうが、世の中というものはそれほど甘くはありません。ですが今のおまえにあれこれ言っても、聞く耳を持たぬでしょう。ですから、このことに関しては改めて話しあうことにします」

そう言って母親は息子をひとまず解放した。

息子が冷静になって考えを改めることは期待できなかったが、商家としての一大事をなんとしても乗り切らなくてはならない。対処の仕方をまちがえると、見世を潰してしまいかねないのである。

息子の考えが急激に傾くことになったであろう理由に、彼女は心当たりがあった。絶対に、と言い切ることはできなかったが、ほぼまちがいはないはずだ。

だが記憶に曖昧なところがあったので、たしかめる必要がある。母親は家中を探したが見付からなかった。

当然だろう。三月あまりもまえの瓦版が残っている訳がないのだ。知人のことが書かれているとか商売に役立つなどの理由がなければ、だれも瓦版など保存しない。裂いて紙縒《こよ》りにしたか、でなければ附木《つけぎ》代わりに使ってしまったのだろう。

瓦版は発行者の住所と名前を明記するよう御公儀から定められているが、それを守る者はほとんどいない。売るために、際どいことを必要以上に書き立てることもあるからだ。書き手の名前も出さないし、出したとしても変名である。そのため発行者にたしかめることもできなかった。

だからといって諦めない。母親は知りあいを訪ねたとき、さり気なく訊いてみた。逆にだれかがやって来た折に、たまたま思い出しでもしたようにそれを話題にしてもみたのである。しかしその場限りでしかない瓦版を、後生大事に取っておく人も家もなかった。

それでも根気よく続けて、十何軒か十何人目かに、幸運にもいき当たったのである。彼女が内心の興奮を押し殺して、つまらなそうな顔で見ていると、「欲しければあげるわよ」と言われた。「なにも読み返すほどのこともないけれど、いらないならもらっておこうか」と言って、折り畳むと懐に仕舞ったのである。

家に戻って改めて見直してみた。

「やはりそうだった」

思わず声に出して、あわてて口を押さえた。

これが息子を惑わせたのだ。これにまちがいないと、見出しを見ただけで確信した。

九寸五分の相手に素手で立ち向かう
大病快癒は神仏のご加護か
老舗料理屋を弟に譲り独立
困った人のために相談屋を開く
この若者、二十歳だが只者《ただもの》でない

こんなものに、世間知らずの息子は惑わされてしまったのである。

番頭に長男のことを聞くと、使いに出たばかりなので、一刻（約二時間）近くしなければもどらないとのことであった。

茶でも飲もうと長火鉢を置いた帳場に向かおうとすると、板の間で女中が洗濯物を畳み終えたところであった。「あたしが持って行きますよ」と、息子二人分の洗濯物を受け取った。

兄弟はおなじ部屋で寝起きしていて、着替えなどを置く場所は決まっている。洗濯物を整理して置き終えたとき、ふと小振りな葛籠《つづら》が目に入った。

一体どんなものを入れているのだろうと蓋を開けると、手習所時代の『商売往来』とか、祭りで吹いた篠笛《しのぶえ》、あるいはだれかにもらったらしい根付など、実に雑多なものが整理されずに入れられていた。

そのとき折り畳まれた紙片に目がいったので、なにげなく手に取ると瓦版である。あるいは、と思った。

拡《ひろ》げて畳の上に置く。胸がざわついた。

知りあいにもらった瓦版を懐から出して拡げ、その横に並べた。

まったくおなじものである。

予想していたとおりだが、これほど簡単に底が割れてしまうと馬鹿らしくなって、虚しさのあまり胸にぽかりと穴が開いたような気がした。同時に、ここまで幼かったのかと、呆れてしまったのである。

主人の息子なのでほかの奉公人とおなじ扱いではないといっても、仕事の覚え始めはほとんど単純な雑用ばかりをやらされる。おもしろい訳がないのだ。そのためどうしても周りに目がいってしまう。

そういうとき偶然この瓦版を見て飛び付き、読むにつれて妄想が急激に膨らんだにちがいない。

さてどうしたものか、と母親は考えた。おそらくは不満、あるいは不安が心の裡《うち》に蟠《わだかま》っているときに、たまたま瓦版を目にして、一気に傾斜したものと思われる。それをたしかめることが第一だろう。場合によっては、もっと根深い理由があるかもしれないのだ。

あの折はなにをやりたいかを訊いても答えなかったが、それを明らかにすべきであった。どこまで具体的に考えているのか、実現できるかどうか、あるいは甘い考え、子供らしい夢想にすぎないか、それを知らねば始まらない。

弟に商売を任せて自分はべつのことをやりたいと言ったが、すでに弟に告げているのかどうか。おなじ部屋で寝起きしているからには、まったく触れていないことはないだろう。告げたとすれば、どこまで深く話しあったのかということと、弟の反応がいかなるものであったかも知りたい。

おそらくは若者らしい夢想にすぎぬ段階だと思うが、確固たる信念、なんらかの裏打ちがあるかもしれなかった。

あれこれ考えはしても、不確かな要素が多すぎるので、から廻りするばかりである。次男がいないときに母は長男を部屋に呼び付けた。硬い表情でやって来た長男を見て、先日の段階となんらの変化も進展もないことがわかった。

だから母親は、懐から出した瓦版を拡げて長男の膝まえに置いたのである。チラリと見はしたものの、長男の硬い表情に特に変化はなかった。

「商売がおもしろくないのでしょう」

断定したが答えない。

「信吾さんはね」と、瓦版を目で示しながら母は言った。「大変な努力をし、さまざまな条件がうまい具合に重なったおかげで、このように成功したのです。商売の基本さえわかっていないおまえに、できる訳がありません」

「やってみなければ、わからないじゃありませんか」

「わかっています。失敗して、むだなときをすごしてしまったと後悔するのが、目に見えているから母さんは言うのです」

その後も長々と母子は話しあったが、どこまでも平行線で埒《らち》が明かない。

であればともかく本人に会って、話を聞いてみようということになった。しかしこのような家庭的、個人的な問題で相談に及ぶことを他人《ひと》には知られたくない。どうしたものだろうと思っていると、それならば伝言箱に用件を書いて入れておけばいいと息子が答えた。

最初に瓦版を見るなり息子は、そこに書かれた黒船町の将棋会所に走ったのだ。そして併設されたよろず相談屋に、伝言箱が設置されているのを見たのである。

信吾がどこかで見た顔、そして目だと思ったのは、押し掛けた野次馬に混じっていたからだろう。たったそれだけで記憶に残ったのは、余程思い詰めた顔、ぎらぎらとした目をしていたからにちがいない。

「事情は、ほぼ、わかりました」

母親に笑い掛けてから、信吾は息子に目を向けた。

五

正面から見られ、しかも微笑《ほほえ》み掛けられたことで戸惑ったようではあるが、息子は目を逸らそうとはしなかった。静かに見返したのである。

母と子のどちらの気持もわからぬではないが、双方を対等に扱わねばならなかった。断じて片方の味方をするようなことがあってはならない、信吾は自分にそう言い聞かせた。

母親にすれば手に負えないことを痛感して、信吾に託したに等しかった。ほぼおなじ齢の信吾であれば、もしかすると息子の考えの甘さに気付かせてくれるかもしれない、との期待を寄せているのが痛いほどわかるのだ。

一方の息子は、信吾をおなじ思いを抱く同志にも等しいと見ているという気がした。自分の願っているのとおなじことを実行したのだから、親の理不尽な押し付けがいかに子供にとって負担かを痛感しているはずだ、と。

「あッ」と、同時に母子が声をあげた。

信吾自身も思わず声をあげそうになった。突然、涙が溢《あふ》れてつーッと頰を流れ落ちたのである。あわてて懐から手拭を出して目頭を押さえ、おおきく頭をさげた。

「申し訳ありません。取り乱したところをお見せして」

謝りながら、またやってしまった、なんてみっともないと信吾は自分に毒づいた。

将棋会所の客である左官の万作《まんさく》が、席料のあがりを狙って深夜に忍びこんだことがあった。野良猫の忠告があったので捕らえることができたが、手を怪我《けが》して鏝《こて》を持てなくなったと知って、信吾は売り上げの半分を与えたのである。

ところが、隙を見て岡っ引に告げるにちがいないと万作が疑っているのを知って、思わず涙を流したことがある。疑って悪かったと万作は平謝りに謝った。

「深田屋《ふかだや》」の粂太郎《くめたろう》の場合は、今回の件にも共通する部分がおおきい。おなじ手習所で学んだ仲だが、「厭でたまらぬ家業を弟に押し付け、しかも勘当されることなく、自分のやりたいことをやる方法を教えてもらいたい」と切り出したのだ。

世間の一部は自分のことをそのように見ているのだとわかり、情けなくなったのを憶《おぼ》えている。その後、あれこれと話したがまるで通じない。そのときも不意に涙が溢れ出たのである。

「やめてくれ。おれがむりを言って信吾をいじめてるみたいじゃないか。わかったから泣くなよ。おれは帰《けえ》るよ」

粂太郎は一度出した相談料をかっ攫《さら》うと、あとも見ずに帰ってしまったのだ。

「息子さんは、あッ、失礼。お名前を存じませんもので」

「新之助《しんのすけ》です」

母親が厳しい顔で見たのは、商売、名前、住まいは伏せたいと最初に言ったのを、息子が忘れていたからだろう。

「新之助さんは誤解を、それもとんでもない誤解をなさっておられます」

「誤解ですって。一体全体、なにを」

「瓦版を読んで、てまえのことをお知りになられた」

じっと目を見詰めると、新之助はごくりと唾を呑みこんだ。

「瓦版には一部しか書かれていませんから、誤解なさるのもむりはありません。三歳だったてまえは三日三晩高熱を発し、掛かり付けの医者の源庵《げんあん》先生が匙《さじ》を投げたほどでした」

「奇跡的に助かったのは、神仏のご加護があったからこそだと。自分は人のためになるために生かされたのだからと、よろず相談屋を開いて困っている人のためになろうと決心なさった、と瓦版にありました」

「そうするしかなかったのです」

「と申されますと」

問われて信吾は、新之助と母親に打ち明けたのである。

「瓦版には書かれていませんし、源庵先生と両親、祖母しか知らないことです。宮戸屋を継いでもらうことになっている弟ですら、すべてを知っている訳ではありません。両親からは絶対に他言するなと言われていますが、これを打ち明けないとお二人にはわかっていただけないと思いますので、思い切って話します。ただし、どなたにも洩らさないと約束していただけるなら、ですが」

母子は顔を見あわせ、すぐに信吾を見ておおきくうなずいた。

「約束していただけますね。それでしたら」

そう言って信吾は話し始めた。

大病から命を取り留めはしたが、信吾は快癒した訳ではなかった。医者からは、大人になってから影響が出ぬはずがないと言われている。いつ現れるかしれないし、不意討ち的にやってくることもあるので、そうなったとしても決してうろたえてはならない。そう念を押されたのだ。

「ですが二十一歳になられても、それらしき徴候は現れていないのでしょう」

「いえ」

まさかという表情で母子は顔を見あわせた。

「とても健やかだと、お見受けしましたが」

「これまでに何度か臥《ふ》せることがありましたが、源庵先生に調べていただいても、原因がわからないのです。唐土《もろこし》の書物なども紐解かれたとのことですが、該当する病が見当たらないので、例の高熱の後遺症ではないだろうかと。これまでのところは致命的というほどではありませんが、これからもそうだとの保証はないのです」

そのような状態では、宮戸屋を継ぐことができないのは自明の理だ。突発的な発病に見舞われれば、見世の維持が困難などころか、潰してしまうのは必定であった。

となると自分の家族だけでなく、奉公人とその家族を路頭に迷わせることになる。また取引先や多くの関係者に、多大な迷惑を掛けることはまちがいない。

「ですから止《や》むを得ず、弟に譲るしかなかったのです」

後遺症とは抜け落ちる記憶のことだが、どんなことがあってもそれに触れる訳にはいかない。両親や祖母が、弟正吾《しょうご》の嫁取りに響かぬはずがないと案じているからだ。

かと言って後遺症に触れねば母子を、特に新之助を説得できないと思ったのである。

これまでにも記憶の欠落はなかった訳ではないが、いずれも軽くすんでいた。度忘れしていたよ、程度の笑い話でごまかせたのだ。

だから二人には少し言い換えて話した。

さて、これからがよろず相談屋の本領発揮だぞ、と信吾は気持を引き締めた。なんとしても、母子の双方に納得してもらわねばならないのだ。

「先ほど、てまえは迂闊《うかつ》に、と申しますか、不覚にもと言えばいいでしょうか、恥ずかしながら涙を流してしまいました」

「え、ええ」

顔を見あわせてから、戸惑い気味に言ったのは母親で、息子の新之助は小さく口を開けたままである。

「なぜだかおわかりですか、新之助さん」

「と言われても」

「わかる訳がありませんよね」と、そこで言葉を切ってから信吾は続けた。「新之助さんが羨ましくて羨ましくて、我慢できずに涙を零《こぼ》してしまったのです」

「羨ましいですって。わたしがですか」と噴き出してから、真顔になった。「悪い冗談はよしてください」

「冗談であればどれだけいいか。てまえは継ぎたくてたまらなかった宮戸屋を、泣きながら弟の正吾に譲らねばならなかったのです」

母子はふたたび顔を見あわせたが、新之助は訳がわからずに混乱しているのがわかった。

「こんな口惜《くや》しいことはないではありませんか。なぜなら宮戸屋といえば浅草で一番、江戸でも五本の指に入るだろうと言われている老舗の料理屋ですよ。それをいつ出てくるかわからない病気のために、自分より未熟な弟に譲らなければならないのですからね。ところが母上の先ほどのお話では、どのようなお仕事かは存じませんが、新之助さんは見世を継ぐことを約束されている。それなのに弟さんに譲って、べつの仕事を始めたいとのことでした。なぜでしょう。仕事がおもしろくないからでしょうか」

「それもあります」

信吾がなにを言い出すのかと、新之助が警戒するのがわかった。

「てまえもそうでした。まるでおもしろくなくて、退屈で反吐《へど》が出そうでした」

「だって、継ぎたくてたまらなかった宮戸屋を、泣きながら弟さんに譲らなければならなかった、と」

「はい」

「矛盾してるではありませんか」

「矛盾はしていません。どちらも正直な気持です」

新之助は黙ってしまったが、信吾がなにを言おうとしているかを、懸命に考えていたのだろう。

「自分がよく知りもしない、十分にわかっていない仕事なのに、半端な雑用ばかりやらされておもしろい訳がないのです。なにも知らず、素人同然であるのに、おもしろいというほうが変です。商売というものはですね、それなりの経験を積んで、その世界の表も裏もわかるようになって初めて、おもしろみがわかるのではないでしょうか」と、少し間を置いて信吾は断言した。「仔猫とおなじだと思います」

「仔猫ですって」

つぶやきはしたものの、それきりである。信吾が思いもしなかったことを口にしたからだろう。

「仔猫は、仔猫だけでなく生き物の仔はなんだってそうだと思いますが、動くものを夢中になって追います。最初はバッタなどの虫や、風に舞う木の葉、揺れ動くものなど、なんだっていいのです。いくら追ってもなかなか捕らえられません。体ができていませんから、どうしても後手後手になってしまうからです。だけど繰り返しやっているうちに体もできてくるし、相手の動きの先が読めるようになって、次第に捕らえられるようになるのです。そうこうしているうちに、臆病で警戒心が強い鼠《ねずみ》ですら捕らえられます。わかっていただけますね」

「なにがでしょう」

信吾はじっと新之助の目を見た。その目にわずかな動揺が見られた。

わかっていながら、素直に認めたくないのではないだろうか、とそんな気がした。となると新之助の考えや思いをあまり強く否定するとか、こちらの考えを押し付けては逆効果になる。信吾はそうならないように注意しながら、もう少し自分の気持を伝えたかった。

「仕事の全体がわかり、実績を残せるようになると、周りも評価し、そうなって初めて自分の考えていることを試みることができるのではないでしょうか」

新之助は肯定も否定もしなかったが、信吾の言うことがわかっているという気がした。となれば、気持をきっちりと伝えなければ中途半端になってしまう。

「自分の考えであれこれやっても、成功もあれば失敗もあるでしょう。ですが、そういう中で自然と機会が生まれ、成果を認められるようになると思います。そうなってようやく仕事のおもしろさが、しがいのあることがわかるのではないでしょうか。あれこれやっているうちに、仔猫が猫になって鼠を捕らえられるようになるのです。てまえはね、新之助さん」

「はい」

「仕事がわかりかけておもしろさが垣間見《かいまみ》えるところまできていながら、病気のために弟にあとを託すしかなかったのですよ。夢を断ち切らなければならなかったのです。涙は、そんなてまえと、これからいくらでも夢を実現できる新之助さんの、運不運を見せ付けられた思いがしたからかもしれません」

　新之助は黙ってしまった。

　母親はしばらくまえから、二人の遣り取りを静かに聞いていた。その母親が口を切ったのは、新之助の沈黙が長すぎて、息苦しくなったからかもしれなかった。

「よろしいですか、信吾さん」

「はい。なんでしょう」

「弟さん、正吾さんとおっしゃいましたが、正吾さんにはいつ、どのようにお話しになったのですか」

「てまえ個人の問題ではなく、宮戸屋とその家族、そして奉公人に関わることです。ですから家族全員のいるときに、引き継いでもらえないかと頼みました」

「根廻しと言いますか、それ以前に、それとなくほのめかすこともせずにですか」

「はい」

「で、弟さんはどのように」

「兄であるてまえが、宮戸屋を継ぐべきだと言いました」

「当然でしょうね」

「ですが、てまえがそう言うからには、よくよく考え抜いてのことでしょうから、その気持を大事にしなければと言ってくれました」

「しっかりした弟さんですこと」

「実はてまえも驚かされたのですが、弟は料理屋という仕事がとても好きだそうでしてね。一日も早く一人前になって、暖簾《のれんわ》分けしてもらえるよう頑張ろうと思っていたそうです。自分の見世を出し、おなじ商売を兄弟で競うのが夢だったと言ったのです。であれば安心して任せられると、後顧の憂いなくよろず相談屋を開くことができたのです」

「なんとも羨ましい」

そう言って母親がちらりと新之助を見たのは、鼓舞したつもりだったのだろうか。その思いを長男が素直に受け止めてくれればいいのだがと思いながら、信吾はこれまでの相談屋としての経験から、十分な手応えを感じていた。

「とてもいいお話を伺うことができました。ところで信吾さん」と、母親が言った。

「相談料、それとも謝礼ということになるのでしょうか。不躾《ぶしつけ》ですが、いかほどお渡しすれば」

信吾は思わず後頭部を掻いた。

「本来なら先にいただくのですが、それはある程度、相談の内容がわかっているとか、問い合わせや調べ事に、どの程度の日時や費用が掛かるかの見当が付けられる場合でしてね。今回はお話を伺うまで、まるでわかりませんでしたし、弱りましたね」

「でも、これまでにも、よく似たことはあったのでしょう」

「そういう場合は、先方さまが包んでくださるお金《あし》を、ありがたくいただくようにしておりまして。それよりも、ご馳走になりながら、てまえの体験を取り留めもなく話しただけですので、いただかなくてもけっこうでございます」

「そうはいかぬでしょう。では、のちほどということにしていただけますか」

「もちろんでございます」

　と言いはしたものの、かならずもらえると決まった訳ではない。そのまま音信がなくても仕方がないのである。なにしろ、商売や屋号、住まい、名前のなに一つとして知らないのだから。新之助という名以外に手立てがなければ、捜しようもないのである。

　実は波乃といっしょになって、初めてのよろず相談屋の仕事であった。もし実入りがなかった場合、新妻波乃はどう思うだろう。

　そう考えると、信吾の心は穏やかではなかった。

操り人

一

「実は打ち明けていない秘密があってね」

信吾が波乃にそう言ったのは、仮祝言の翌朝であった。親たちが気を利かせて、「宮戸屋」に連れ帰った常吉と「春秋堂」に泊ったモトが、黒船町の借家にやって来るまえである。

若夫婦が水入らずで朝食をすませ、茶を飲んでいたときのことだ。

「あら、なんでしょう」

「ほかの人には教えていないけれど、波乃とは一心同体になったのだから隠す訳にいかない。正直に打ち明けるよ。もっとも、気付いているようだけど」

波乃は「一心同体になったのだから」のところで顔を朱に染めたが、色白なだけに赤味が際立っていた。

「一月に両家で会食をして、次の日に義父《とう》さんといっしょに将棋会所と相談屋を見学に来たことがあったね」

そのとき、一帯を縄張りにしている野良犬の群れが駆け寄って来た。父の善次郎は顔を引《ひ》き攣《つ》らせたが、波乃は平然としていた。

驚いた父に波乃は、仲良くしたいのじゃないかしらと言った。理由として尻尾を振っているし、牙を剝《む》かず、唸《うな》ってもいないことを挙げた。害意のないことを一瞬で見抜いた鋭さに、信吾は舌を巻いたのだった。

事情を説明して善次郎を安心させたが、そのとき信吾は野良犬の親玉と話をした。吠《ほ》えたり声に出したりすることなく、短い遣《や》り取《と》りを交わしたのだ。

犬たちはすぐに去ったが、「信吾さん、犬の親玉と話していませんでしたか」と波乃に言われたのである。「犬と話せたら楽しいだろうな。でも気持を通わせることはできると思うよ、なぜなら人も犬も生き物であることに変わりはないのだから」と、そのときは曖昧にごまかしておいた。

「波乃は犬と話していたみたいと言ったけれど、実は話していたんだ。生き物と話ができるんだよ」

波乃は笑顔でうなずいた。

「驚かないね」

「思いもしないことを言われたら驚くでしょうけど、そうじゃないかと思っていましたから」

「驚く訳がないのは当たりまえか」

「犬はなんと言ったの」

「大した娘だ。おれたちを怖がらないだけでも珍しいって」

「普通の若い娘なら、怯《おび》えるべきだったのね」

「なにも普通でなくていい」

「ほかになにか言っていましたか」

「せいぜい逃げられんようにすることだね、と言われたな」

「逃げる訳ないのにね」

「どうして」

「押し掛け女房だから、逃げ出す訳がないでしょ」

「波乃が押し掛け女房になったのは、そのあとだったよ」

「気持はとっくに押し掛け女房でした。で、いつからですか、生き物と話せるようになったのは」

「あの大病のあと。初めのころは話せた訳じゃなくて、声が聞こえるだけだったんだ。そうこうしているうちに話せるようになってね。人はだれだって生き物と話せると思っていたんだけど、どうやら自分だけらしいって気付いた。友達にも聞こえてると思って話していると、どうもちぐはぐなんだよ。それで、わかったのだけれど」

「最初のころ、声が聞こえたって、どんなことを言われたの」

「この道を行くと怪我《けが》するかもしれないから、ちがう道を行くようにとか、どうしても行くなら、しばらく待ってからにしたほうがいいぞ、なんて」

「そのとおりになったのね」

「紐《ひも》が千切れた軒看板が落ちて怪我人が出たり、馬が急に駆け出して、蹴られた人が大怪我をしたり、そんなことが何度かあった。ともかく厄介なことになりそうなときには、生き物が耳打ちしてくれるんだ。その男、下心があるぞ、なんてね」

「あたしといっしょになろうと思ったときは、なにか言われなかったの。その娘と所帯を持つと苦労するぞ、とか、見せかけだけなんだがな、とか」

「いい人見付けたなって言ってた、犬の親玉は」

「ほッ」と、波乃は大袈裟《おおげさ》に胸を撫《な》でおろす真似《まね》をした。「よかった。でも、その女といっしょになるのだけは考え直したほうがいいぞって言われたら、どうしたの」

「豆狸《まめだ》に相談かな」

「豆狸って、仔狸《こだぬき》でしょ。心安くしている豆狸がいるのね」

「ああ、困ったり迷ったりしたら、いつでも相談に乗るよと言われている」

波乃は腹を抱えて笑い、笑いすぎて涙を浮かべた。おもしろがらせようとして、冗談を言ったと思ったらしい。

人の仕掛けた罠《わな》に嵌《は》まったが、なんとか逃れることができたものの母狸は大怪我をした。それでは餌を獲《と》れないので、信吾は母狸の傷が治るまで、仔狸に餌を持たせたのである。それを恩に着て、困ったときに心の裡《うち》で念ずれば、できるかぎり力になると言われているのだ、と打ち明けた。

「信じてるの」

「ああ。動物は人間のように、嘘《うそ》を吐《つ》かないからね」

「狐《きつね》や狸は人を化かすっていうわよ」

「化かすのと嘘を吐くのは、少しちがうんじゃないかな」

「でも騙《だま》すんでしょ」

「嘘を吐くのは騙すことだけど、騙すことが必ずしも嘘を吐くこととは、言い切れないという気がする。これは、なかなか微妙であるね。そのうちに一度、じっくりと考えてみる意味がありそうだよ。うん、なかなかおもしろい」

「信吾さんは、どんなことだっておもしろく感じられるのね」

「狐七化《ななば》け狸は八化《やば》けって言うけど、狐は人を惑わせるために化けて、狸は人を化かすことがおもしろくて化けるそうだ」

「豆狸がそう言ったの」

「どっかのご隠居に聞いた。もっともそのご隠居は、なかなかの古狸だけどね。子供を誑《たぶら》かして、おもしろがっていたのかもしれないな」

「羨ましい」

「なにがだい」

「狐や狸と話せるなんて、信吾さんが羨ましい」

「可哀想《かわいそう》だが波乃にはむりかもしれないよ」

「なぜかしら」

「まえにも言ったけど、わたしは三歳の齢《とし》に三日三晩高い熱を出して苦しんだ。だから神さまか仏さまが可哀想に思って、生き物と話せる力を与えてくれたんだと思う」

「かもしれないけど」

「秘密といえばね、生き物と話せるというのとはちょっと意味はちがうけれど、実はもう一つあるんだ。絶対に秘密にしなければならないことが。だけど」

「だけど」

「一心同体だから」

「お願い。それはもう言わないで」

「それはって」

一心同体のことかい、は呑《の》みこんだ。波乃が頬を朱に染めたのは、前夜のことを思い出したからだろう。そんなふうにもじもじされると、行灯《あんどん》の仄《ほの》かな灯《あか》りに浮かび出た波乃の姿態や肌の感触がよみがえって、体の奥が疼《うず》き始めた。いけない、こんな時刻なのに。

「相談屋の仕事はお客さんの秘密に関することだから、絶対に洩《も》らしてはならないんだ。料理屋の女将や仲居さんとおなじで、どんなことがあっても守らなければならない」

信吾の受けた相談に関して、両親や祖母にそれとなく訊《き》かれたこともあったが、口を緘《かん》してなにも話さなかったのである。

ある大名家の後嗣争いに捲《ま》きこまれ、力添えをして手付金十両とはべつに百両という礼金をもらったことがあった。黒船町の借家では物騒なので、父に渡して宮戸屋の蔵に預かってもらっている。礼金をもらったことを家族は知っているが、なんという大名家か、とか、どのような働きをして受け取ったか、などにはひと言も触れていない。

「だけど波乃には話そうと思う」

「いいんですか、そんな大事なことなのに」

「なにしろ」

そこで信吾が言葉を切ったのは、うっかり一心同体と言いそうになったからである。波乃もおなじ言葉を思い浮かべたようで、恥ずかしそうに身を捩《よじ》った。

「波乃が人に洩らすはずがないからね。だけど負担になるようなら話さない」

「それって重いですね。とっても重い。もちろんだれかに話したりはしません。万が一そんなことになったら、場合によってはその人の生涯を左右したり、命に関わったりすることもあるでしょうから」

「だから聞かなくてもいいんだよ。ただ波乃には、わたしがどういう相談を受けてどうしたかを、知ってもらったほうがいいかなと思ったんだ」

波乃は黙ったままひたすら考え始めたが、かなり迷っているらしい。畳の一点を見詰めて考えを巡らせている波乃の、くっきりとした睫《まつげ》の影が長くて濃いことに信吾は気付いた。

波乃が関心を持ったことや聞きたいと思ったことだけを、話したほうがいいのだろうかとも信吾は思った。しかし、話すことと黙っていなければならないことの判断が難しいし、自分と波乃では関心の抱き方がちがうかもしれないのである。

話の流れの関係で持ち出したが、もう少し熟考してからにすべきだったのかもしれない、という気もした。

不意に顔をあげ、波乃が信吾に微笑《ほほえ》み掛けた。

「やはり、話してください。辛《つら》くなるような相談もあるでしょうけど、信吾さんといっしょに受け止めたいですから」

それを聞いて、信吾はますます波乃と一心同体だとの思いを強くしたのである。

そんな遣り取りがあったので、息子が二十歳で名前が新之助ということしかわかっていない母子の相談も、信吾は波乃に話したのだった。

「ということで、相談料はもらっていないんだ。料理をご馳走《ちそう》になったし、訊かれたことについて話したけれど、相談に乗ったとは言い切れないのでね。だから相談料はもらえるかもしれないけれど、もらえないかもしれない。とんでもない甘ちゃんで、がっかりしただろうね。ただ、あのときは、いくらいただきますとは言えなかったんだよ」

波乃は信吾の目をじっと見て、にこりと笑った。

「あたし、それでよかったと思います。目先のことだけに囚《とら》われたり、四角四面に考えたりしないほうがいいのではないかしら。あたしは気楽な性質《たち》なのかもしれませんけれど、信吾さんが誠意を持って接しているかぎり相手の方に伝わると思います。新之助さんはきっと家業に身を入れるでしょうから、お母さんは相談料を払ってくださると思うの」

「なるほど、波乃は相当に気楽な性質なんだな。お人好《ひとよ》しだとは思っていたけど、ここまでだとは思わなかった」

「悩んだり迷ったりしている人は、世間にごまんといるはずです。新之助さんやお母さんの周りにも、そんな人はたくさんいると思いますよ。知りあいから悩みを打ち明けられたとき、だったら黒船町によろず相談屋があるから訪ねてみませんか、となります。

あるじの信吾さんはまだ若いですが、かならず力になってくれますよって。その人たちが知りあいに、さらに知りあいにと、鼠算式《ねずみざんしき》にお客さんが増えて、門前市を成す、となるかもしれませんもの」

「わたしは気楽なやつだと言われているけれど、波乃はそれに輪を掛けてるな」

「かもしれません。だって破鍋《われなべ》に綴蓋《とじぶた》の、似た者夫婦ですもの」

「ギャフン、してやられた」

二

「お客さまがお話を、とのことです」

金龍山浅草寺の時の鐘が八ツ（二時）を告げてほどなく、小僧の常吉が来客を伝えた。

どのような客かを告げず、しかも表情が硬いので相談屋の客だとわかった。

初めての将棋会所の客であれば、常吉は二十文の席料を受け取り、対局を望んでいるのか、席亭の指導を受けたいのかなどについて遣り取りをする。それがないということは、将棋を指すのが目的でない客だからだ。

「お話をうけたまわりますが、こちらではなんですので」

信吾は日和下駄《ひよりげた》を履くと、先に立って庭に出た。境の柴折戸《しおりど》を押して住まいのために借りている隣家の庭に入ると、そこで初めて相手に微笑み掛けた。

そのときにはおよその見当は付いていた。年齢は信吾より二、三歳下らしいし、面立ちや雰囲気が似通っていたからだ。前日、母親といっしょにやって来た新之助の弟と見て、ほぼまちがいないだろう。

「将棋会所と相談屋を兼ねていますので、落ち着いて話せません。相談の件でしたら、こちらでゆっくりと」

相手が怪訝《けげん》な顔をしたので、信吾は出入口のほうに連れて行き、「よろず相談屋」の看板を見せた。

「あちらが手狭になりましたので、相談屋のお客さまとのお話は、主にこちらでさせてもらっております」

相談屋のと言ったところで、相手はなにか言いたそうになったが、思《おも》い止《とど》まったようである。

玄関からは入らず庭にもどると、信吾は沓脱石《くつぬぎいし》から八畳の座敷にあがった。

床の間を背に、庭に向かって並んで坐《すわ》ったのは、客とあるじが対等の関係で話すためだ。

「お母さまは満足してくださったし、新之助さんにも納得していただきましたが、弟さんはどのような」

自分が名乗るまえに、何者であるかを信吾が明らかにしたので驚いたようだ。そのため警戒したのか、少なくとも気分を損ねたようで、相手はぶっきら棒に言った。

「仲蔵《なかぞう》です。字は中村仲蔵とおなじで」

「これはとんだ失礼をいたしました。仲蔵さんとなりますと、お母さまがお芝居好きなのですね」

「お蔭《かげ》で、えらい迷惑だ」

そう言ったものの、本心でないのが信吾にはわかった。

中村仲蔵は門閥と階級の厳しい歌舞伎の世界で、稲荷町《いなりまち》と呼ばれる大部屋役者から、一代でその名を大名跡とした立志伝中の人物である。

『仮名手本忠臣蔵』で、判官切腹の場の四段目と、お軽《かる》の身売りから寛平《かんぺい》の腹切りへと進む六段目は人気の場であった。ところが仲蔵に付けられた役は、五段目の斧定九郎《おのさだくろう》ひと役である。

俗に「弁当幕」と言われ、芝居を観慣《みな》れた客は弁当に箸を伸ばす。酒を飲みながら談笑し、ときおり舞台に目を遣るくらいであった。単なる繋《つな》ぎの幕に登場する、冴《さ》えない役だったのだ。

ところが仲蔵は、それまでは赤《あか》ッ面《つら》で演じられていた定九郎を、白塗りで黒羽二重に献上博多帯を締めて演じ、観客の度肝を抜いた。家老の息子であれば、浪人に身を落としていても赤ッ面であろうはずがない、とだれもがその解釈に感心して、一気に人気を得たのであった。

その名優とおなじ名が自慢でない訳がないのに、母親が芝居好きだからだと信吾が言ったために臍《へそ》を曲げたらしい。そういう絵解きなどせず、単純に感心してもらいたかったのだろう。

つまり信吾は、口開け早々に失敗したのである。相手が何者でいかなる理由で訪ねて来たかを、迂闊《うかつ》にも自分から先に洩らしてしまったのだ。相談屋としては客が話し終えるまで、まずは黙って聞くべきであった。

仲蔵にすれば、なにもかも見透かされているような印象を受けたのだろう。おそらく、一段も二段も上から見られているように感じたはずで、となればおもしろいはずがない。

さてどうすべきか、と思ったときだった。

「いらっしゃいませ」

波乃が声を掛けたので、仲蔵は意外な思いをしたようだ。新之助も母親も信吾が波乃と住んでいることは知らないので、仲蔵との会話で触れる訳がないからである。

二人のまえに湯呑茶碗《ゆのみぢゃわん》を置くと波乃は一礼してさがったが、着ているものや仕種《しぐさ》からして奉公女でないことはひと目でわかるはずだ。信吾は兄の新之助より一歳上というだけなのに、仕事場と住まいのために二軒の家を借り、しかも妻を得ていたのである。

自分が何者で、なぜやって来たかを見抜いただけでも驚きだろうに、妻帯しているという事実に、彼我《ひが》の隔たりのおおきさを感じずにいられなかったはずだ。若い男が愉快な訳がなかった。

信吾はおなじ轍《てつ》を踏むことのないよう、相手の話を聞き、問われたことのみに答えることに徹しようと思った。湯吞茶碗を取って口に含み、静かに下に置く。

「母は満足し、兄は納得したとおっしゃったが、一体なにを話したんです」

沈黙に堪え兼ねたように仲蔵は口を切ったが、訊いてきたのは、八畳座敷に二人が座を占めて信吾が最初に語ったことに関してである。

仲蔵はさり気ない訊き方をしたが、その問いは奇妙と言えば奇妙であった。なぜなら信吾は仲蔵がよろず相談屋から帰った母と兄から、どのような遣り取りがされたかを聞いていると思っていたからだ。

でありながら信吾に、母と兄になにを話したのかと訊いたのである。ということは、よろず相談屋に行くまえとあとで、仲蔵が驚くくらい二人の考え方が変わったからだろうか。でなければ、話の内容について仲蔵が訊いても、はぐらかしてまともに答えてくれなかったからだと思われた。

できれば信吾は柳橋の料理屋を出た母親と新之助が、見世にもどって仲蔵にどのように話したかを知りたかった。いや、寝起きをともにしているとのことなので、兄弟だけの本音の遣り取りを知りたいと切実に思ったのである。

しかし、問われたことには答えなくてはならない。

信吾は新之助と母親に話したことを、自分の感じたことや思ったことには触れず、淡々と繰り返した。

「それじゃ、母のねらいどおりではないか」

信吾が話し終えるなり、仲蔵は憤懣《ふんまん》やるかたないという口吻《こうふん》で、吐き捨てるように言った。それまでは多少なりとも礼を失しないようにとの配慮が感じられたが、若いからといって舐《な》められてなるものかとの気負いが出たのかもしれない。

「てまえはお母さまに満足していただけただけでなく、長い目で見ればお兄さんの新之助さんにも、感謝してもらえると思っております」

信吾は相手の気が昂《たかぶ》らぬようおだやかに話したが、仲蔵がそのまま受《う》け容《い》れる訳がないのはわかっていた。

「母と兄は満足かもしれないが、わたしは納得できないな」

案の定、仲蔵は首をおおきく横に振った。

「ちょっとお待ちください」と、信吾は仲蔵を制した。「新之助さんはてまえのことについて書かれた瓦版をご覧になって、お見世を仲蔵さんに任せ、ご自分はべつのことをやりたいと考えておられた。ところがお母さまは、瓦版に書かれたのはほんの一部でしでかないと判断されたのです。だからこそ、お二人で話を聞きに来られたのでしょう。ですのでてまえは、自分がなぜ弟の正吾に見世を任せようとしたのか、そうしなければならなかったのかを話しました。お母さまのお考えに副《そ》うように話した覚えなど、まったくございません」

「だが、母はそう取っている」

「それはお母さまがてまえの話をお聞きになって、新之助さんが見世を継ぐのが、お見世のためにもご本人のためにも、一番いいと判断なさったからだと思います。それに新之助さんも、てまえが跡を継ぎたくてたまらなかったのに、病気のために弟に譲らなければならなかった無念さをわかっていただけたはずです。そして新たに仕事を始めることが、いかに苦労を伴うものであるかをもです」

「だが信吾さんは、自分の考えていた仕事を見事にやってのけた」

「運がよかったからでしょう。どちらに転んでもおかしくないことの連続で、ひとつまちがえばおジャンになってしまうということが、何度もありましたから」

「だけど乗り切って、成功したではないですか」

「成功したなんて、とてもとても。日々が綱渡りみたいなものです。それよりもおおきかったのは、新之助さんにはてまえが見世の仕事が厭《いや》だから弟に押し付け、自分のやりたいことをやろうとしたのではないことを、わかっていただけたことですよ」と、信吾は目に力を籠めて言った。「新之助さんはあなたに、どのように話されたのでしょうか。お母さまと二人でてまえの話を聞きに来られるまえに、自分の替わりに見世をやってくれないかと仲蔵さんに打ち明けたはずです、一体どのように言われたのですか」

「どのように、って」

「商家のご長男でありながら、見世を継がずに投げ出すに等しいことをなさろうと思われた。となりますと、跡を任せられるのは仲蔵さんのほかにはおられません。それについてのお話があったはずだと」

「だから、そのままだよ」

語調がわずかに変わった。

「そのままと申されますと」

「見世を継がないことにしたから、あとをやってくれんか、と言われた」

「仲蔵さんは、どのように答えられたのでしょう」

「急に言われたって、答えようがないじゃないかと」

「とてもできない。できる訳がない、と答えられたのですか」

「いや」

「すると、急な話ではあるが、なんとか引き受けましょう、と」

「だからぁ」と、仲蔵は焦《じ》れったそうに言った。「こっちにすれば、そんなおおきな問題を急に言われたって、答えようがないでしょうが」

　おなじことを繰り返したのは苛立《いらだ》ち始めたからで、こうなると本音を洩らしやすい。信吾は母と兄が話を聞きに来た翌日に、なぜ弟がやって来たのかが次第にわかり始めた。新之助が二十歳で商家の長男となれば、当然のように跡を継ぐものだとだれもが思っている。ところが次男坊の仲蔵は、なんの保証もされていない。

　どこかの商家から是非とも娘の婿にと請われでもすればべつだが、それはお伽噺《とぎばなし》に等しいだろう。兄と母にいいようにこき使われて、それでも四十歳まえに暖簾《のれん》分けしてもらえればいいほうだ。飼い殺しになって、番頭で一生を終えるなどとなりかねないのである。

　つまりそうならずにすむ道筋ができ掛かっていたのに、信吾が兄と母によからぬことを吹きこんだお蔭で、ふいになってしまったと言いたいのだ。だがそれは、とんでもない言い掛かりであった。といって、それを指摘しても仲蔵が認める訳がない。

　となれば、慎重に話を進めねばならなかった。

「しかし、話を持ち掛けられては答えない訳に、つまり考えない訳にいきませんね」

「信吾さん、よう。えらく絡むが、一体なにが言いたいんだ」

「絡むだなんて、ご無体な。てまえは、順を追って、曖昧なところを少しずつはっきりさせようと」

言葉が途切れたのは、突然、仲蔵との遣り取りのおおきなズレに気付いたからであった。自分は仲蔵を追い詰めていた、ふとそんな思いに囚われた。

単純な繰り返しの仕事がおもしろくない新之助は、瓦版で読んだ信吾に共感し、自分も親元を離れ、やりたいことをやって生きたいと心に決めた。それを知った母親は息子といっしょに信吾の話を聞いて、その甘さに気付かせたのである。新之助は心を入れ替え、家業に勤《いそ》しむことにしたのだ。

当てが外れたのは仲蔵だろう。兄に頼まれて内心快哉《かいさい》を叫びながら、仕方がないかという顔をして引き受けようとしていたら、振り出しにもどった。目のまえに差し出されたご馳走を、食べようとしたところでひっこめられたのである。これでは堪《たま》らない。

深く考えることなく、信吾はその事実を明らかにしてしまったのだ。

「曖昧なところをはっきりさせようってかい。ああ、やってもらおうじゃないか」

並んで坐っていた仲蔵が、胡坐《あぐら》を掻《か》いて信吾に正面を向けた。顔が別人のように険悪になっている。自分が兄に替わって見世を継げる目がないことが判然したとなると、せめて文句のひとつも言わねば引きさがれないということだろう。

「それでしたら、これまでに明らかにできたはずです」

「なにがはっきりしたというのだ」

「新之助さんが、自分はやりたいことをやるつもりなので、仲蔵さんに見世を継いでもらいたいと持ち掛けました。急に言われても簡単に引き受けることはできませんが、なんとか受け容れようと覚悟を決めたところに、話はなかったことにしてくれと言われたのです。はい、さようで、と兄さんの言い分を呑むことなどとてもできません」

「さすが、なんでも相談屋だ」

「よろず相談屋ですが、それはいいとしまして、お兄さんの態度が掌《たなごころ》を返すように変わったのは、どう考えてもおかしいということですね」

「そこまでわかってりゃ、話は早い」と、仲蔵は顔をぐっと近付けた。「いくらもらったのだ、お袋に」

三

絶句した。

仲蔵がそんなことを考えているとは、考えもしなかったからである。だがそうとでも思わねば、仲蔵としては新之助の激変が理解できなかったのだろう。

「なぜ、そのように」

「兄貴は瓦版を読んであんたに憧れ、見世をおれに押し付けて家を出ようと考えた。それを知ったお袋は、おめえさんを掻き口説いたか泣き付いたかは知らねえが、金を渡して兄貴を思い止まらせるように頼んだ、そんな筋書きだと見たがね」

それまでの「信吾さん」が、「あんた」と「おめえさん」に変わっていた。故意になのか無意識のうちになのかはわからないが、信吾は違和感を覚えずにいられなかった。乱暴な言い方が、むりをしているというか、どことなく地に着いていないように感じられたのである。

信吾は冷静に対応するしかない。

「お母さまはなぜ、新之助さんが瓦版を読んで家を出ようと思われたと、考えられたのでしょう」

「あれだけ話題になったんだ。兄貴の言ったことからして、あんたの真似をしようと思ったってことは、お袋だって気付いただろう」

「お母さまが瓦版をお読みになられた、とお考えなのですね」

「読んでふしぎはねえと思うがな」

「それはいいとしましょう。ですが、てまえはお母さまからは、一文もいただいておりません」と、信吾は仲蔵の目を見たままで言った。「仲蔵さんがおっしゃったような、含みのあるお金はもちろんとして、相談料もいただいていないのですよ」

「どういうことだ」

「お母さまとお兄さんに、柳橋の料理屋に呼ばれました。瓦版に書かれたこと、特に弟の正吾に見世を任せて独立したことについて、詳しく話してほしいと言われましてね」

「料理屋で初めて会ったんだな、お袋と兄貴には」

「はい。初めてお会いしまして、別れるときにお母さまに、相談料を払いたいがいかほどでしょうと訊かれました」

「いくらいただきますと答えなかったのか」

「ご馳走になりましたし、自分のことを話しただけですからけっこうですと申しました。そうはいかないので払いますと言ってくださったので、でしたらお任せいたしますと。それではのちほど、とのことになっております」

「まだ、もらっちゃおらんのだな」

「だって、昨日お会いして、別れたばかりなんですよ」

信吾の返辞の真偽に思いを巡らせたようだが、仲蔵の表情がいくぶんやわらかくなった気がした。

「そんな甘いこっちゃ、相談屋の仕事は成り立たんでしょうが」

口調も微妙に変わっていた。

「とてもやっていけませんから、将棋会所で日銭を稼いでなんとか凌《しの》いでいるのです」

仲蔵は目を見開いた。

「そのために将棋会所をね」

言葉だけでなく態度まで軟化した。

「瓦版にも書かれていましたし、お兄さんやお母さまにも話したことです。大病を患いながら死ななかったのは、世のため人のためにしなければならないことがあるからだと思いました。そのため困っている人や迷っている人の役に立ちたいと、身の程知らずと笑われるのを覚悟でよろず相談屋を開いたのです。ですが若造ですので、すぐには相談客も来ないだろうと」

「日銭の稼げる将棋会所を始めた、ってことですか」

「さようで」

「で、どうなんです」

「と申されますと」

「よろず相談屋の実入りですよ」

「ここまで打ち明けたのですから、正直なところを申しますが、かなりな赤字です。将棋会所を併設していなかったら、とっくに潰れています。出入りの波がおおきくて、というより出が多すぎるために、今のところまるで見通しが立っていません」

実際にはそれほどではなくて、均《なら》せば赤字になるかならぬか、というところだろう。なぜなら立て続けに相談が持ちこまれることがあるかと思うと、ひと月ほどもだれも相談に来ず、伝言箱にも連絡がないこともあるのだ。

またかなり手間暇かけて調べ事に費用を掛けても、利益があがらないどころか足が出ることさえある。かと思うと定評のある料理屋でご馳走になり、雑談に花を咲かせて信吾自身もけっこう楽しんだのに、問題解決の糸口を見付けられたからと、法外と思える相談料を渡されたこともあった。

もっともこの計算に、さる大名家のお家騒動に捲きこまれて得た、手付金十両と百両の謝礼は入れていない。なぜならそれは、よろず相談屋の本来あるべき仕事とは離れた、例外中の例外と考えているからだ。

その分を計算に入れると、当然ながら大幅な（つまりその分だけ）黒字となる。しかし信吾は、この金に関しては自分の収益と考えず、折を見て困った人たちのために使おうと考えていた。

だがここでは、あまり正直に打ち明けるのは得策ではない。困窮しながらも、なんとか続けていることを知ってもらうべきであった。

仲蔵はしばし沈黙し、あらぬ空間に目をやっていた。

「お兄さんの新之助さんは、十九歳で一大決心をし、見世を仲蔵さんに譲って、自分はべつの仕事をなさろうと思われました」

突然なにを言い出すのだ、とでも言いたそうな目で仲蔵は信吾を見た。

「奇妙でございますね」

「奇妙、と申されますと」

それまでの敵意に近い態度は、払拭されていた。それでも信吾がなにを言い出すか、なにを言いたいのかと、どことなく違和、あるいは不自然さを感じたようで、仲蔵が警戒するのがわかった。信吾は満面の笑みでそれを解《ほぐ》した。

「てまえが一大決心をし、弟の正吾に見世を任せて、べつの仕事をしようとしたのが、奇《く》しくも十九でした」

仲蔵の反応を注視したが、意図が汲《く》み取れないらしい。

「十九と言うのは、そういう年齢なのでしょうかね」

「十九が、ですか」

「仲蔵さんは、おいくつになられましたか」

「十八ですが」

「すると来年は十九ですね」

「計算ではそうなりますが」と言ってから、仲蔵は顔を引き締めた。「それが、なにか」

「おおきな、きっかけが得られる齢となりそうな気がしませんか」

ちらりと信吾を見て、すぐに仲蔵は目を逸《そ》らした。

「信吾さんにはそうだったでしょうが」

「お兄さんの新之助さんもそうでした」

「だからって、わたしに」

「おおきなきっかけの齢になる、てまえはそんな気がします」

再度、仲蔵は信吾を横目で見たが、その瞬間を信吾は逃さなかった。視線を受け止め、おおきくうなずいたのである。

だが仲蔵は目を逸らした。

そのとき五、六羽の小鳥が、庭木の枝を目まぐるしく移動しながら囀《さえず》りを交わし始めた。ちいさくて、白と黒の羽根色からすれば四十雀《しじゅうから》だろう。

ひとしきり啼声《なきごえ》を聞かせていたと思うと、あっと言う間もなく小鳥たちは姿を消した。

「信吾さんが十九歳で正吾さんに宮戸屋を託そうと決心されたとき、悩まれませんでしたか」

「と、申されますと」

「弟さんに見世を譲れば、ご自分の居場所がなくなります」

「当然、そうなりますね」

「不安に思われませんでしたか」

「思わない訳がありませんよ。すべてを失うことになるかもしれないのですから」

「でも、家を出られたではないですか」

「そうしなければ、中途半端になると思ったからです」

「と言いますと」

「てまえはいつ現れるか知れぬ病を抱えながら、生きていかねばなりません」

ここは予告なしに抜け落ちる記憶でなければ話が通じにくいところだが、曖昧にしか話していないので、そのまま押し通すことにした。

「料理屋のあるじとして取引などで岐路に立たされたとき、病が現れて判断を誤るとか、いいえ、重要な書面の遣り取りなどで、とんでもない失策をしないともかぎらないのです」

兄の新之助は番頭から商売について教わっているかもしれないが、弟の仲蔵は取引などの具体的な内容に関してはほとんど知らないだろう。だとしても商家の生まれである以上、信吾の言わんとしていることは、漠然とではあるにしてもわからぬことはないはずだ。

「場合によっては家族だけでなく、奉公人とその家族までもが路頭に迷うことになります。しかも多くの取引先に、とんでもない迷惑を掛けてしまうのです」

「最悪の場合は、でしょうが」

「商人《あきんど》は強気すぎても弱気すぎてもいけないけれど、何事も自分の信念で決めなければならない。ただし、常に心の片隅で最悪の場合のことも考えておかねばならない、と教えられました」

「そこまで考えて家を出られたのですか」

「ともかく中途半端はいけないと。家を出てしまえば、病に冒されても困るのは自分だけですから」

仲蔵が横目で見たのは、波乃のことに思いがいったからだろう。

「もっとも、今は二人ですが。でも、よろず相談屋と将棋会所を開いてから、一年をすぎていっしょになったので、家内は病気のことは知っております」

「ご存じなのに、ごいっしょに」

「ちょっと変わり者でしてね。てまえといっしょになろうというのですから、変わり者でなければ続かないとは思いますけど」

「それだけ強く、信吾さんに惹《ひ》かれたからではないですか」と、仲蔵はやけにきっぱりと言った。「ええ、そうに決まっています。わかるような気がしますよ、その気持」

「それは仲蔵さん、てまえのことを買《か》い被《かぶ》りすぎです。変わり者と言いますか、あっけらかんとした性質《たち》でしてね」

「あっけらかん、ですか」

「あっけらかん、としか言いようがありません。それも呆《あき》れるほどの」

「と申されますと」

「どんな人も善い面と悪い面を持ちあわせていて、完璧な人なんていません、という考えの持ち主なんです」

「え、ええ」と口籠もってから、仲蔵は中空に目を遣った。「そうかもしれませんね。でも、ほとんどの人がそうではないですか」

「ちがいは善い面が多いか悪い面が多いか、それだけだと言うのです」

「なるほど。ですが、そのことだって大抵の人が」

「善いところと悪いところが、ややこしく入り混じったのが人じゃないかしら、と言ってましてね。てまえは、そうかもしれないな、と思いました」

「そうかもしれません。いえ、人とはそういうものではないですか」

「あることには善いのに、べつのことには悪い。おなじ人なのに善いと悪いが、それも複雑に絡みあっていっしょに詰まっている」

「わかる。わかります。いえ、わかる気がしますよ」

「心の悪い人は、多くの人を困らせたり、酷《ひど》い目に遭わせたり、迷惑を掛けたりします。体の悪い人は、そんなことはありません。身近な人に面倒を掛けるかもしれませんが、でもその人は悪いのを承知していますからね。ですから、体の良くない人より、心の悪い人のほうが余程、いや、何倍も困りものだと言うのです。心が悪いことに較《くら》べたら、体が悪いことはなんら欠点にならないとさえ言っていました。半分はてまえに対する慰めでしょうけれど」

　反応がないので信吾が目を遣ると、仲蔵は遠くを見ていた。いや、見てはいなかったのかもしれない。焦点があっていなかった。

軽く笑いを誘うつもりだったが思惑が外れたので、信吾は本題に移った。

「物事は考え方次第で、まるっきり変わってしまうのかもしれません」

そう言うと、仲蔵の視線がゆるやかに信吾にもどった。

「と申されますと」

「たとえば仲蔵さんを、新之助さんの立場と入れ替えてみましょう」

顔全体が戸惑いに被《おお》われるのがわかった。

「そんな。だって。しかし、それは」

「気楽に考えてください。新之助さんは見世を継ぐことに迷っていたときに、たまたま瓦版に書かれたてまえのことを読んで、自分もおなじようにやってみたいと考えました。だから仲蔵さんにその話を持ち掛けたのですが、お母さまにとんでもないことだと言われ、いっしょにてまえの話を聞くことにしたのでしょう。そしててまえが商いを引き継ぎたくてたまらないのに、病気のため泣きながら弟に見世を譲るしかなかったことを知りました。さらによろず相談屋と将棋会所が、外から見たほど楽ではないことがわかり、仲蔵さんに見世を任せる話を撤回されたのだと思います」

「だからって、わたしに兄の立場でと言われても」

「あまり深刻に、考えないでいただきたいのですよ。ちょっと試してみようか、くらいの軽い気持で」

根が生真面目《きまじめ》なせいか、あるいはそのような考え方をしたことがないからだろう、仲蔵は訳がわからなくて混乱したようである。

「軽い気持でったって、そんなことできゃしませんよ」

四

「たとえば、こんなふうに考えられてはどうでしょう」

新之助も仲蔵も、番頭から仕事のことをあれこれ教わっているはずである。

兄の新之助は見世を継ぐのが決まっているので、取引のことや交渉術、またちょっとしたコツなど、商いとしておもしろい部分もそれなりに教えられているはずだ。それでも単純な繰り返しがほとんどだからと、いつも不満たらたらだった。

弟の仲蔵の場合はもっとひどく、雑用ばかりで、兄以上に仕事にうんざりしている。一日も早く独立して、自分の力を活《い》かせる商売をしたくてたまらない。

ところがこともあろうに、兄が見世を弟の仲蔵に押し付けてきた。どうやら瓦版で話題になった信吾という若者と、おなじように生きたいと考えているらしいのだ。

兄がやらなければ弟の自分がやるしかないが、とんでもない身勝手で、どんなことがあろうと引き受けたくはない。しかし見世を潰す訳にいかないことは痛いほどわかっている。なんとか引き継がずにすませる方法はないだろうかと、考えを巡らせたが、いい方法が急に出てくるはずがなかった。

ところが母に説得された兄の新之助が、いっしょに信吾とやらに会って話を聞いたことで、事情が一気に変わった。新之助が思い直して、見世を継ぐことにしたというのだ。

「自分がやれると思っていた仕事を兄さんが取りあげたのではなく、自分が厭でたまらなかった家業を兄さんが引き受けてくれた、そう考えてみてはいかがでしょう。となれば面倒な仕事や見世のことは兄さんに任せきって、自分は思い放題にやりたいだけ好きなことができるのだ、とそのように思うことだってできるのではないですか」

「ひっくり返してしまうのですか」

「できるできないはべつにして、ともかくむりやりでもいいから、ひっくり返してしまうのです。実際にやるかどうかはべつですよ。思うだけですから、どんなふうにだってできるでしょう」

仲蔵が顔を歪《ゆが》めたのは困惑、あるいは混乱によるものかもしれなかった。理屈としてはわからぬでもないが、現実問題として考えられることではないとの思いが強いのだろう。

信吾の話した内容を心の裡で反芻《はんすう》したらしくはあるが、それをすなおに受け容れられるほど、柔軟でないのかもしれない。

しかしここでなんらかのきっかけを与えなければ、深い霧の中に迷いこんだまま、仲蔵は抜け出せなくなってしまうかもしれないのだ。信吾の考えをわかってくればいいのだが、簡単にいきそうにはなかった。

「先ほどの、心の悪い人と体の悪い人の件ですが、体が悪いことは生きていく上でたいへんな不利となります。てまえはその不利を抱えて、不安な思いで生きていかねばなりません。そんなてまえを慰めるため、家内は体の悪い人より心の悪い人のほうがよっぽど困りものだ、との考えを導き出してくれたのではないかと思うのです。お蔭でてまえは、すっかり気が楽になりました。本当はなにも変わってはいないのですよ。それなのに見方を、考えをちょっと変えるだけで、嘘のように気が楽になったのです。ですから物事は正面からだけでなく裏側からも、あるいは上からも下からも、横からも斜めからも、見る必要があるのかもしれません」

「おかみさんは、奥さん、いえ、奥さまは、それだけ真剣に信吾さんのことを考えてくれたのですね」

一番言いたいことがすんなり伝わらないのが、もどかしくてならない。波乃のことについて話しているんじゃない、仲蔵さんのことを話しているのではないですか、そう言いたいのをぐっと呑みこんだ。

「体の悪い人は、だれかが面倒を見なければなりません。だったら、事情がわかっている自分が見るのが一番いいのではないか、家内はそんなふうに考えてくれたのだと思います。なんだか照れますが、てまえは夫婦《めおと》になって家内に随分と教えられました。物事は一つの方向から見たのではわからないということは、なんとなくわかってはいたのです。ですが家内に言われて初めて、本当の意味がわかった気がします。仲蔵さんに偉そうなことを言いましたけれど」

そこで信吾が言葉を切ったのは、仲蔵の気持、つまり考えを引き出さなければならないのに、自分一人が喋《しゃべ》りすぎていると気付いたからであった。

話すのを中断したため、自然と相手を注視することになる。

見られているとわかると、仲蔵はそわそわし始めた。落ち着きがなくなり、目が絶えず動くのだが、それは前の日の新之助とそっくりであった。

一度うなずいてから、仲蔵は首を横に振った。

「そんなふうに考えたところで、どうにもなりゃしませんよ」

「なにがでしょう。どうしてでしょう」

「信吾さんだからできたのであって、わたしなんかにはできる訳がないんだ」

断言したが、仲蔵がなにに対して言っているのか、信吾にはわからなかった。だが問うことはしないほうがいいという気がした。問えば答えるだろうが、納得がいかなければ信吾は問い直さずにいられないだろうし、すると相手を追い詰めてしまうと思ったからである。

「よろず相談屋だけでやっていけないからって、将棋会所を開いたのでしたね」

「ええ」

「将棋が強いからこそ、開けたのではないですか」

「子供のころからやっていたので、そこそこ指すことはできましたが」

「それに護身術です。武芸の心得があるからこそ、変なやつが来たって追い払える」

「正直に申しますが、護身術なんて屁《へ》の突っ張りにもなりませんよ」

仲蔵は目を見開き、口を開けたままで、ものを言うこともできぬようであった。しばらく口をパクパクさせ、ようやく言った。

「屁の突っ張りたって、九寸五分《くすんごぶ》を持ったならず者に素手で」

「瓦版は買ってもらわなければ商売にならないので、おもしろおかしく書くのです。ならず者が酔っ払って足もとがふらついていた、なんて書いてなかったでしょ」

「えッ、酔っていたんですか」

「赤い顔をしていましたからね」

「ですが、相手は刃物を」

「護身術は武器を持った敵から、なにも持たぬ者が身を護るためのものです。酔ってる相手だからごまかせたのですよ。相手にちゃんとした武芸の心得があったら、どうしようもありません」

「心得があったら」

「そのときは一目山随徳寺《いちもくさんずいとくじ》と、あとも見ずに逃げ出します。こう見えても、駆けっこはだれにも負けませんからね」

　仲蔵が笑った。初めて見せた笑いである。

「それと、てまえは刃物にも負けない、頼りになる武器を持っていますから」

「刃物にも負けないって、どんな」

「仲蔵さんだって持ってますよ。商人ですから」

　またしても仲蔵の顔が曇ってしまった。どこか弱い部分があるようだ、この若者は。それとも、からかわれたと思ったのだろうか。

「商人に武器なんて」

「あります。あるのです。言葉ですよ」

　きっぱりと言った。

「言葉ぁ」

　素っ頓狂な声をあげた仲蔵に、信吾はうなずいて見せた。

「もっとも使いようによりますがね」

「鋏《はさみ》といっしょですか」

「まさにそのとおりで、使いようで切れるのです、言葉は」

「よろず相談屋の、最大の武器ということですか」

「えッ」と思わず声に出し、信吾はまじまじと仲蔵を見た。「凄《すご》いことを言ってくれましたね、仲蔵さん。いや、気付かせてくれたと言ったほうがいいのかな」

「どういうことです。訳がわからない」

「つねづね思っていました、商人は言葉を武器にしなければならないと。自分は商人なんだから、言葉を自在に操れるように、だれにも負けない武器に磨きあげなければとね」

「さっき、おっしゃいましたよ。自分は刃物にも負けない、頼りになる武器を持っていますって」

「そうなんです。自分で言っておきながら、商人は、いわゆる商人は、商人であるからにはと、ただぼんやりと思っていただけだったのですね。よろず相談屋の最大の武器は言葉なんだ、ということと結び付けたことなんてなかったんです。それを仲蔵さんが気付かせてくれた。いや、ありがとうございます。仲蔵さんと話せてよかったなあ」

手放しで喜ぶ信吾に呆れたのか、それともなぜそこまで興奮するのかが、仲蔵には信じられなかったのかもしれない。

「商人だから目に見えない言葉を武器にして、しかもそれを磨きあげなければって、おっしゃいましたね」

「はい。それがなにか」

「本気でしょうね。いや、信吾さんにすれば本気なんでしょうが」

「本気ですとも」

「だけど、そんな暢気《のんき》な気持で商売をやっていたら、とてもじゃないが儲《もう》からないのではないですか。わたしなんかが言うのは、烏滸《おこ》がましいかもしれませんが」

「そうなんですよね。あッ、そうと言ったのは、烏滸がましいではなくて、儲からないのほうですが。念のため」

　仲蔵が複雑極まりない表情になったのは、やはりからかわれているらしいと思ったからかもしれない。

「そうなんですよね、って」

「商売でしたら成り立ちません。成り立つ訳がありません」

「でしたら、努力するだけむだでしょう」

「むだにはなりません。ならないのです。なぜなら商売ではありませんから」

「だって、よろず相談屋と。屋と銘打つからには商売でしょうが」

「あまりおおきな声では言えませんが、看板に偽りあり、です」

「看板に偽りあり、ですって。どういうことですか」

「相談所とすると指南所みたいで堅苦しくて、どこか畏《かしこ》まって声を掛けにくいでしょ。相談屋とすると商売のようですから、気楽に声を掛けられます。場合によっては、相談料の値下げ交渉もできそうだ、なんてね」

「呆れた」

「呆れられて当然でしょうね。すでに話しましたが、てまえは助かるはずがないとお医者さんに匙《さじ》を投げられながら、死なずにすみました。いわばオマケで生かしてもらっていると思っています。ですから少しでも困っている人、迷っている人の力になりたいとよろず相談屋を始めました。儲からなくてもかまわないのですが、せめてトントンにはなってほしいですね。活計《たずき》のほうは、将棋会所でなんとかなりますので」

「それでようやくわかりました。どうしてわたしなんかのことを、親身になって考えてくれるのだろうと、ふしぎでならなかったのですよ。兄貴の気が変わったことだってね、相談屋の信吾さんに言葉巧みに言《い》い包《くる》められたと思いこんでいました。だがちがってた。親身になって話してくれたからこそ、兄貴も自分がまちがっていたことに気付いたのです。わたしはふしぎでならなかった。なんで信吾さんが、わたしのことをこんなに真剣に考えてくれるのかが」

「一文にもならないのにね」

「一文にもならないのに、って」

「相談にお見えでない方から、相談料は取れないじゃありませんか」

「それは、どういうことですか」

「仲蔵さんがお見えになられたとき、柴折戸を押してあちらからこちらに移りましたね」

またしてもなにを言い出すのだろうと怪訝な表情になったが、仲蔵は黙ったままうなずいた。

信吾はよろず相談屋の看板を見せて、あちらが手狭になったので、相談のお客さまのお話はこちらで伺うと言ったのである。すると仲蔵はなにか言い掛けたが、結局なにも言わなかった。

「ですから、よろず相談屋を訪ねて見えたけれど、相談に見えたのではないとわかりました」

「それがわかっていながら、なぜ長々と付きあっていただいたのですか」

「仲蔵さんは困っている。それとも迷ってらっしゃる。少なくとも知りたいことがおありだ。だとすれば、相談屋としてはそれに応えなくてはなりません。そうでしょう」

「お金にならないのに」

「それは、先ほど申しました」

「なんだか、こんなことを言ってはなんですけれど、わたしには信吾さんのような方が、この世にいるということ自体が信じられません」

「まったくそうなんですよ。実は本人が信じられぬ思いでいるのですから、仲蔵さんが戸惑われるのは当然ではないでしょうか」

ポカンと口を開けたまま仲蔵は信吾を見ていたが、ぷいと横を向き、同時に噴き出してしまった。それから信吾を指差して、なにか言おうとしたらしいが、言葉にならない。それとも言葉にできないらしく、声をあげて笑い始めた。

それがなんとも楽しそうなので、信吾もつられて笑ってしまった。笑っているうちに、何度か経験したことのあるアハハアハハの馬鹿笑いとなったのである。

五

「話が弾んで楽しゅうございますね」

盆に湯呑茶碗と干菓子を載せて、波乃が座敷に現れた。

「咽喉《のど》が渇いたでしょうから、お茶の替わりをお持ちしました」

「波乃」

「はい。なんでしょう」

「そこにお坐り」

言われた波乃は、少しだけ信吾の斜め後ろに坐ると、胸に抱いていた盆を体の横に置いた。

「昨夜《ゆうべ》、柳橋で新之助さんとお母さまにご馳走になったけれど、こちらは新之助さんの弟の仲蔵さんだ」

「波乃でございます。主人が大層ご馳走になったそうで、ありがとうございました。母上さまとお兄さまに、くれぐれもよろしくお伝えください」

「仲蔵でございます。お礼を申したいのはてまえのほうで、あれこれ迷っていた兄が信吾さまのお話を伺って、すっきりした顔で戻ってまいりました。母も大喜びでして、なんとお礼を申しあげてよろしいのやら」

二人は神妙な顔でお辞儀を交わした。

そこまではよかったのだが、神妙な顔をあげて仲蔵と信吾を交互に見た途端に、波乃が噴き出したのである。

「ごめんなさい。不躾《ぶしつけ》で申し訳ございません」

謝った口の下から、またしても波乃は噴いてしまった。

「どうしたというのだ。波乃らしくないと言いたいところだが、まさに波乃ならではと言うしかないな」

信吾の言い方がおかしかったのか、今度は仲蔵が噴き出し、あわてて詫《わ》びを入れた。

「これは、とんだ失礼をいたしました」

「ありがとうございます、仲蔵さん」

「え、なにがでしょう。信吾さんにお礼を言われることなど」

「波乃に恥をかかせまいとご自分も噴き出して、帳消しにしてくださった」

「とんでもない。とてもそんな余裕はないですし、気の利いたことなどできません」

「それにしても、波乃が噴き出すからには、余程のことがあったのだな」

「だって二人のお顔に、笑いが消えずに残ったままだったんですもの」

信吾は小僧の常吉が思わずやるときのように、掌《てのひら》で顔をつるりと撫でた。

「消えたかな」

「ほとんど。でも、まだ少し残ってますね」と、一度切ってから波乃は続けた。「不器用なお顔ですこと」

「不器用なお顔、ですか」

辛うじてそう言うと、仲蔵は弾《はじ》けるように笑い始めた。何度も笑いを止めようとしているが、収まりそうになると、さらに激しい発作に囚われるらしい。仲蔵は両腕を胸のまえで交差させて抑えようとするのだが、何度試みても成功しなかった。

「す、すみませんね」

と言いながら、またしても笑いを爆発させたのである。

「ぶ、不器用な顔って、どんな顔ですか」

なんとか抑えてそう言ったが、自分の言ったことがおかしいらしく、仲蔵はひとしきり笑い続けた。先ほどの馬鹿笑いで堰《せき》が切れ、それまで抑えに抑えていたのに、箍《たが》が外れて制御が利かなくなったのかもしれない。

それとも、ただの笑い上戸なのだろうか。

信吾と波乃は、仲蔵が鎮まるのを待つしかなかった。

かなりのあいだ、仲蔵は体を震わせていたが、ようやくのことで昂ぶりは収まったようである。

「すみません。こんな姿を人に見せたことはなかったのですが、本当にお恥ずかしい。どうかお許し願います」

「許す許さないはともかくとして」

「やはり許していただけないでしょうね」

「とんでもない。ただそれよりも、てまえにはなんだか信じられないのですよ。目のまえにいる仲蔵さんが、こちらを訪ねておいでのときの仲蔵さんとおなじ人なのかと。いらしたときには、体もお顔も、おそらく心もでしょうが、カチカチ、ゴチゴチに強張《こわば》っていましたからね」

「しかも、ほとんど喧嘩腰《けんかごし》で」

「笑うなんて、体を震わせて笑うなんて、思いもしませんでした。実際に見ていたのに、いまだに信じられません」

「もしかしたら、入れ替わったのじゃないかしら」と、波乃がまじめな顔で言った。「あたしがお辞儀をしたときと、お辞儀を終えて頭をあげたときは、仲蔵さんは別人だったかもしれません。あたしの頭のあげさげのあいだに、だれにも気付かれず入れ替わっていたような気がします」

「まさか、そんな」

仲蔵の笑いがまたしても弾けそうな機先を制して、波乃が言った。

「ほら、ご覧なさい。ご本人さえ気付いていないではありませんか」

「なるほど、波乃の言うとおりかもしれないな」と、信吾は真顔で言った。「本人が気付いていないとなると、実際に見ていながら、てまえが信じられないのもむりからぬことだ」

仲蔵は信吾と波乃を交互に見て、それからなにかを振り払おうとでもするように、何度も頭をおおきく振った。

「信じられないと言えば、一番信じられないのはこのわたしですよ。わたしには、どうしても信じられません」

「なにが、でしょう」

「信吾さんと波乃さんのような人がいるということが信じられないのに、そのお二人をまえにしてわたしがいるのですからね。そんなとんでもない人とわたしが話していることが、それ以上に信じられない」

信吾は唐突に左手で仲蔵の右手を握ったが、同時に右手を伸ばして波乃の右手首を摑《つか》んだ。さすがに驚いたようだが、波乃はされるままにしている。信吾は波乃の手を仲蔵の右手と握手させた。

訳がわからず目を丸くしたままの仲蔵に、信吾は笑い掛けた。

「ほら、本物の手ですよ。温かいでしょう。波乃もてまえもなにも特別では、ましてや幻なんかではなくて、あなたとおなじごく当たりまえの人間です。ちゃんと生きていて、仲蔵さんのまえにおりますでしょ。ね、だから信じてください。ご自分がここにおられることを」

そう言って信吾は、握っていた仲蔵の手を放してそっと引いた。波乃もおなじように、静かに手を引いた。そして申しあわせでもしたように、仲蔵に微笑み掛けたのである。

仲蔵はぼんやりとしているように見えたが、放心した人のそれではなかった。瞳が活き活きして、強い輝きを放っていることが証明していた。胸の裡に、思いが一杯詰まっているからにちがいない。

「お二人にお目にかかるまで、人がこんなふうに生きられるなんて、考えることもできませんでした。自分を活かせられるということが、です」

仲蔵が言葉を噛《か》み締めでもするように、ゆっくりと区切りながら言った。波乃がおおきくうなずいた。

「仲蔵さんも、そうなさいな」

「とは言われても」

「なにもためらうことはないのですよ。あたしたちはいろいろなものに囚われていますけれど、まず、そんなものを取っ払うことから始められてはどうかしら」

仲蔵は信吾を見、その目を波乃に移し、それから信吾にと、何度繰り返しただろうか。そしてしみじみと言った。

「だから相談屋をやって、たくさんの人の悩みや迷いを解きほぐしたり、消し去ったりすることができるのですね」

仲蔵に言われ、信吾は首を振った。

「それはどうでしょう。それぞれの人たちが持っていながら気付いていない、その人の力に目を向ける手助けはしているかもしれません。でもそれは、もともと本人がその力を持っているからでしょうね」

信吾がそう言うと、仲蔵はうなずいて目を閉じた。どうやら集中して考えをまとめているようであったが、それがあまりにも続くので、喋り疲れて眠ってしまったのだろうかと思ったほどである。

　当然だが仲蔵は眠ってなどいなかった。

「よろず相談屋には、いろいろな人が来るのでしょうね。次から次へと」

　信吾と波乃に話し掛けているのか、それとも思いがつぶやきとして漏れたのか、とでもいうふうな仲蔵の話し振りであった。続きを待ったがあまりにも長く間《ま》が空いたので、信吾は返辞とも言えぬ言葉を口にした。

「さきほども申しましたが、続けざまにお見えのこともあれば、ひと月も音沙汰のないこともありますから」

「多くの人がやって来て悩みや迷いを語り、信吾さんと話してなにか閃《ひらめ》きを感じて、満足して帰って行くのでしょうね」

「満足してくれる人がどれほどいることか。もしかすると、ほんのひと握りかもしれません」

「でも楽しいのではないですか」

「楽しいかどうかは、なにに対してかによってちがってくると思います。いろんな人の生きざまといいますか、自分の知らぬ世界がほとんどですから、それを垣間見《かいまみ》ることができるのは、ある意味で楽しいですけれど」

「そんな信吾さんといっしょだと、波乃さんもさぞかし楽しいでしょうね」

「えッ、どういうことでしょうか」

「だっていろんな人の、相談の話が聞けるのでしょう」

波乃が言われている意味がわからぬというふうに首を傾《かし》げたので、仲蔵にはそれが意外だったらしい。

「たとえば兄の新之助が、信吾さんとおなじように家を出て、自分で新しく仕事を始めようと思っていたことで、母といっしょに話を聞いて思い止まりましたね」

信吾はもしかすればと、ふと脳裡《のうり》を微《かす》かな不安が過《よぎ》った。もっともそうなればなったで、唯一の武器である言葉で仲蔵を説得しなければと心を決めた。相談屋の存亡にかかわる一番重要なことを、まだ波乃に話していなかったからである。

仲蔵にそう言われた波乃は、まるで訳がわからないという顔になった。

「お聞きになられたのでしょう、信吾さんから」

「なにを、でしょう」

「ですから、兄の悩みのことですよ」

「あ、ああ」と波乃は、ようやく言われた意味がわかったという顔をした。「話してほしいとせがんだのですが、お客さまの秘密に関することは、だれにも話せないって、ひどい剣幕で睨《にら》まれました。信吾さんはこれまでにご両親や祖母《おばあ》さまにも、お客さまの相談のことでそれとなく訊かれたそうですけど、絶対に打ち明けてないんですって」

「へえ、厳しいんですね」

「親子は一世、夫婦は二世って言いますでしょう」

「はい。主従は三世ですね」

「親と子の契りは一世でこの世だけのものですが、夫婦の契りは二世です。前世と現世、あるいは現世と来世。親子の契りよりずっと深いのだから、女房のあたしにだけは、そっと教えてくださいって。そう頼んだのですけれど」

「それで」

仲蔵は思わずというふうに身を乗り出した。

「断られました。それも、きっぱりと」

波乃といっしょになるなり、信吾は相談客との遣り取りはすっかり話すと約束したし、そうしてきた。それなのに波乃は、しらじらしくも仲蔵に嘘を吐いたのだ。信吾はほっとすると同時に、女はいざとなると凄いなと感じたのである。

仲蔵がまるで波乃の代弁をするように言った。

「しかしいかに仕事とはいえ、妻にだけはそっと洩らしてもらいたいのではないですか」

「そうですよね」と言って、波乃はチラリと信吾を見た。「でも旦那さまが相談屋の禁を破って、あたしにお客さまの秘密を打ち明けたりしたら」

「したら」

仲蔵はさらに身を乗り出した。

「あたしはその日のうちに荷物を纏《まと》めて、実家《さと》に逃げ帰るでしょうね」

よくぞ言ってくれました女房大明神と、信吾は思わず波乃に両手をあわせて拝みたくなった。

「今、気が付いたのですが、仲蔵さん」

信吾がそう言うと、仲蔵は思わず知らず背をシャンと伸ばした。

「あなたは十八歳でしたよね」

「さっき言われましたよ、すると来年は十九ですね、と」

「実は弟の正吾も十八歳、だけじゃなくて波乃も十八歳なんですよ。てまえの人生は、十九歳で変わったと言いました」

「ええ。変えられたんですよね」

「兄さんの新之助さんも十九で、生きるべき道を決められました。来年、仲蔵さんだけでなく正吾、そして波乃の三人が、そろって十九歳になります。三人とも変わりますよ。おおきく変わるはずです」

「信吾さん」

「はい」

「あなたはまさしく商人です。言葉の真《まこと》の操り人ですよ」

「そうやって人を巧みに乗せるんだから、仲蔵さんもなかなかの商人ではありませんか」

「あの、信吾さん。それに、波乃さん」

「はい。なんでしょう」

二人は声をそろえて答えた。

「これからときどき、遊びに来ても、話しに来てもいいですか」

「もちろん。正吾を紹介しましょう。それからお兄さん、新之助さんもぜひ連れてらっしゃい。歓迎します」

「楽しみにしてますからね」と、波乃が念を押した。「約束しましたよ、きっときっと来てくださいね」


新之助と仲蔵兄弟の母親が、両親の営む浅草東仲町の宮戸屋に信吾と波乃を招いたのは半年後の秋のことであった。もちろん兄弟も同席したが、それればかりか信吾の弟の正吾も招かれたのである。

会席を取り仕切ったのは仲蔵で、自分が双方の橋渡しをした、との思いがそうさせたようだ。

団欒《だんらん》のひとときが終わって、新之助と仲蔵だけでなく正吾までが小用《こよう》に立った。三人の姿が消えると、母親は信吾と波乃に深々と頭をさげた。あれ以来、兄弟は心を入れ替えて仕事に励んでいるとのことであった。そう言ってから懐から包みを出し、二人に手渡したのである。

三人を見送ってから包みをたしかめると、十両という大金が入っていた。母親にすれば兄弟と見世の将来を考えれば、決して多い額ではなかったのだろう。

「今、気が付いたんだけどね」と、信吾は波乃に言った。「柳橋の料理屋で話したあとで、お母さんにのちほど相談料をと言われたけれど、兄さんの名前が新之助さんとしかわからなかった。住まいも屋号も知らないままだったから、もらえなくても仕方ないと半ば諦めていたんだ」

「でも、十両もいただけましたよ」

「ところが、新たにわかったのは弟さんの名前が仲蔵さんというだけで、住まいも屋号もお母さんのお名前もわからないままなのだ。こんなことでは、よろず相談屋のあるじでございます、なんて威張ってられないね」

「それがよろず相談屋の持ち味ではないですか。完璧ではなくて、どこか抜けてるところが」

「どこか抜けてるところが、よろず相談屋の持ち味、か。波乃にしか言えない台詞《せりふ》だね」

「おっと、それを言っては野暮ですよ」

波乃に人差し指を立てられたので、信吾は決め台詞の「ギャフン、してやられた」を言い損なってしまった。しかしよくよく考えてみると、まさに野暮としか言えないではないか。

信吾は包みをそのまま、女房大明神に渡そうと決めた。仲蔵が本当に変わったのは、あっけらかんとした波乃に接した瞬間からだったことを、思い出したためである。

そろいの箸

一

「お客さんのようだけど、お昼だというのに一体だれだろう」

大黒柱で鈴が二度鳴ったのは、金龍山浅草寺の時の鐘が九ツ（正午）を告げているときであった。普通なら一度で、昼の食事の用意ができたとの、波乃からの連絡である。二度は来客を報《しら》せる合図だと決めていた。

特になにもなければ、信吾は小僧の常吉を先に食べに行かせるが、客となればそうはいかない。常吉や甚兵衛にそれとなく伝える意味もあって、つぶやいたのである。

甚兵衛が言った。

「丁度いいではありませんか、仙五郎《せんごろう》さまは熱心なのでお疲れでしょう。いい息抜きになりますよ」

「それじゃ、ちょっと」

そう言うと、信吾は日和下駄《ひよりげた》を履いて庭に出た。気配を感じた波の上が駆け寄って、足もとにまとわり付く。

「ちょっと隣に行くだけだから、おとなしく待ってなきゃだめだぞ」

信吾は犬に言い聞かせたが、波の上は言ってることをちゃんと理解していた。

仙五郎は近ごろ通うようになった客だが、筋がいいだけでなく熱心で、急激に力を付けていた。

将棋会所「駒形」のある黒船町のすぐ西を日光街道が南北に走っているが、直線距離で五町（五五〇メートル弱）ほど西側に新堀川《しんぼりがわ》が流れている。そのさらに西には旗本や御家人の屋敷が集まり、その向こうには広大な敷地を持つ大名家の上屋敷、中屋敷、下屋敷が地を占めていた。

十二歳になる芦田《あしだ》仙五郎は、おなじ年頃の少年たちと御家人の隠居に学問の手ほどきを受けているとのことだが、道場にも通っているそうだ。ほどなく父親に付いて見習いとなるが、父の上役に将棋好きがいるとのことであった。しかもかなりの腕らしい。

父親は仙五郎が見習いとして出仕するまえに「駒形」に通わせ、短期間で将棋を習得させようというのである。そのため仙五郎は五日に一度、信吾に学びに来ていた。そして五ツ（八時）から九ツまでの二刻《とき》（約四時間）、徹底的に学んでいたので、仙五郎の来る日はそれだけで午前中が潰れてしまう。客の希望で対局があれば、午後にしてもらうか甚兵衛に代役を頼んでいた。

少しでも上役の覚えのよいようにとのことらしいが、武士の世界もなにかとたいへんなようだ。

素質の良さもあるのだろうが、仙五郎の吸収力はすばらしかった。父の上役に勝つほどの腕になれば、出世のためにはほどほどのところで加減するようにと、父から言われることもあるのだろうか。ふと、そんなことを思ったりする。

とすれば可哀想《かわいそう》だと思わぬこともない。仙五郎が「駒形」に来た初日に、こう言っておいたからだ。

「将棋盤をまえにすればだれもが対等ですからね。年齢、身分、職などは一切関係がないので、どんな相手に対しても全力を出し切ることが、礼を尽くすことになるのです」

指南料は二十文だが、一刻（約二時間）を基準としていた。そのため二刻の仙五郎は来るたびに倍の四十文を納めているが、席料二十文を含めた六十文が五日置きなので、御家人の芦田家にとってはかなりな負担だろう。

仙五郎は頭がいいだけでなく熱心で、鋭い質問を矢継ぎ早にしてきた。ゆえに指南将棋とはいえ、終えるころには信吾もぐったりするほどである。甚兵衛の言うとおり、まさにいい息抜きになると言ってよかった。

庭を通って、住まいのために借りている隣家との境の柴折戸《しおりど》を抜ける。

波乃は来客だと合図を寄越《よこ》したが、表座敷の八畳間にはだれもいない。そればかりか湯呑茶碗《ゆのみぢゃわん》も出ていなければ、座蒲団《ざぶとん》も敷かれていなかった。

厳しく育てられた波乃にすれば、そんな手抜かりがあろうはずがない。来客の合図をしたばかりなので、引き揚げたとは考えられないのである。

沓脱石《くつぬぎいし》からあがった信吾が呼ぶと、すぐに波乃が出て来た。

「あら、いなくなっちゃいましたね」

「ちょっと待ちなさい」と、思わず厳しい顔になってしまう。「いなくなっちゃいましたねって、人が音もなく消える訳がないだろう。それにお客さんに対し、そんな失礼な言い方があるものか」

「煮干しをやったら喜んで食べていましたけれど、食べ終わったようですね」

見事に肩透かしを喰《く》った。われながら早とちりが照れ臭い。

「なんだ、猫か」

「信吾さんと話したそうな顔をしていましたから、てっきり顔馴染《かおなじ》みだとばかり」

言い方からすると野良猫ではなさそうだ。

「もしかすると、黒猫かい」

「心当たりがあるんでしょう。やっぱり知りあいだったのね」

「鈴の付いた赤い首輪をして」

「はい。チリチリと澄んだ音がしてました」

「だったら黒介《くろすけ》だよ。猫だから恩人ってのはおかしいか。恩猫《おんびょう》、恩猫《おんねこ》だな」

「あらま、たいへん。そんな大切なお客さまとは、知りませんでしたから」

澄ました顔で波乃はそう言った。惚《とぼ》けているのか、からかっているのか、おもしろがっていることはまちがいない。

「向島《むこうじま》の寺島《てらじま》にある、甚兵衛さんの寮に住み着いた猫でね。よろず相談屋を開くとき、将棋会所を併設するきっかけを作ってくれた」

「大恩がおありなんですね」

「それだけじゃない。相談に来られない人や知られたくない人もいるだろうから、伝言箱を作るといいだろうと助言してくれたのも黒介だ」

よろず相談屋の客で、直接信吾を訪ねて来る人はそれほど多くない。

相談の内容はともかくとして、だれかに見られたとき、困ったことがあるから相談に来たと思われるのが厭《いや》なのだろう。客の四分の三の七割五分、いや八割以上が伝言箱を通じて連絡してくる。予想を遥《はる》かに上廻《うわまわ》る割合であった。

信吾が黒介を恩猫と呼ぶのは、決して大袈裟《おおげさ》ではなかった。なにしろ伝言箱を設けてから、相談客が三倍にも四倍にもなったのだから。

「あたし知らないものだから、勝手に座敷にあがるなんて、礼儀知らずな猫だこと、なんて叱言《こごと》を言っちゃいました」

「太っ腹なやつだから、それくらいでは気を悪くすることはないと思うが」

波乃は「ほッ」と、胸を撫《な》でおろす真似《まね》をした。

「初鰹《はつがつお》は高すぎて手が出ないけど、そこその値になれば一尾買って、お礼に向島の寮に持って行こうと思っている」

黒介だけではとても食べきれないだろうからと、勝手な理由を付けて半身だけをお礼として食べてもらうつもりだ。半身は将棋を指したあとで、甚兵衛と酒を飲みながらお相伴にあずかろうと思っている。

鰹を買うまでは間があるので、甚兵衛に鰺《あじ》の乾物《ひもの》を渡しておいた。

「であれば常吉に合図して、先に食べさせなさい。わたしは将棋会所にもどるから」

「はい、わかりました。黒介さまがおもどりになられましたら、上座にお坐《すわ》りいただきまして」

「そんな言い方をしていたら舌を嚙《か》むぞ」

「信吾さんにも、すぐ報せますね」

「黒介は、おもどりになられましたらで、わたしには報せます、かい。随分と差を付けられたな」

「恩人を相手に妬《や》くのは、みっともないですよ」

悪戯《いたずら》っぽく睨《にら》まれては苦笑するしかない。

柴折戸のところですれちがうと、常吉が言った。

「もう食べ終わったのですか、旦那さま」

そんなに早く、食べられる訳がないではないか。

「あせらずに、ゆっくり食べるのだぞ」

柴折戸を押してもどると、波の上が尻尾を振っていた。信吾ではなく、餌を持ち帰る常吉を待っているのである。

信吾が、続いて常吉が席を外したので、甚兵衛が留守番をしてくれていた。将棋会所の客はいつ来るかわからないので、だれかがいなくてはならない。

常連客は浅草界隈《かいわい》の住人がほとんどなので、昼は食べに帰る人が多かった。そうでなければ、近くの蕎麦屋《そばや》や飯屋に出掛けたり店屋物を取ったりするが、弁当持参の者もいた。

「甚兵衛さん、すみませんね。どうぞ食事にお出掛けください」

「いや、源八《げんぱち》さんが食べに出るとのことでしたので、店屋物を頼んどきました」

常連客の一人に言伝《ことづて》したとのことだ。

「甚兵衛さんは、昨夜《ゆうべ》は寮にお泊りだったのですね」

そう訊《き》くと、少し考えて甚兵衛は答えた。

「黒介ですか。やはり、席亭さんのお住まいのほうへ行ってたのですね」と、甚兵衛は納得したように笑いを浮かべた。「寮を出ようとすると、懐に飛びこんだのですよ。ははん、久し振りに席亭さんの顔を見たくなったのかと思っていたのですが、ねらいは波乃さんでしたか」

「それにしても、なんで知ったんでしょう、波乃のことを」

「勘が鋭いですから、黒介は」

それだけで、信吾が波乃といっしょになったことまでわかるはずがない。

寮には力仕事や雑用をこなす亭主と、炊事に洗濯、掃除を受け持つ女房の夫婦者が、住みこみで奉公している。

甚兵衛は昨夜は寮に泊ったとのことなので、いっしょに酒を飲んだのだろう。信吾が波乃といっしょになったと夫婦に話しているのを、黒介は寝た振りをして聞いていたにちがいない。

将棋会所の格子戸の手前で懐から跳び出すと、黒介は姿を晦《くら》ませたそうだ。

以前来たときにも黒板塀や植木の松、庭の池や、池で泳ぐ鯉《こい》などを調べ歩いていたが、いつの間にか姿が見えなくなったのである。だから甚兵衛は朝来たとき、信吾には言わなかったのだろう。

黒介の助言で伝言箱を設置したことを話そうかと思ったが、信吾が黒介と話せるなどと甚兵衛は思ってもいない。だから取り留めのない雑談をしていると、出前の卵丼が届けられた。

常吉がもどったので、信吾は交替して食事をしに隣へ移った。

常吉に先に食べさせて、波乃と世話係のモトは信吾を待っていた。

「朝にお客さまがありましてね」

「黒介のことなら聞きましたよ」

「それを忘れるほどボケてはおりません」と軽く睨んでから、波乃は続けた。「相談のことでしたら、信吾先生を呼びましょうと言ったら、小母《おば》さんでもかまいません、ですって。お姉さんとか娘さんと言ってくれとは申しませんが、いくらなんでも小母さんはひどいと思いませんか」

「ということは、お客さんは子供だね。だったらしょうがないよ、波乃。子供にとって女の人は、二十歳をすぎたらみんな小母さん、四十歳からはお婆《ばあ》さんだもの」

「だって、あたしはまだ十八ですよ。花も恥じらう十八歳。番茶も出花ですからね」

「お嬢さま、ではありませせんなんだ。波乃奥さま」と言ってから、モトは顔を赤らめた。

「あまりのことにわたくしとしたことが、思わず狼狽《うろた》えてしまったではありませんか」

信吾と波乃は顔を見あわせた。モトがいっしょに食事していたことを、うっかり忘れていたのである。そういえばモトは世話係であるが、同時に波乃の教育係でもあった。

「番茶も出花の意味は、器量のよくない娘でも年頃になればそれなりに美しい、という譬《たと》えでございます。お嬢さま、あッ、もとい。波乃さまは阿部川町小町と言われたほど評判の」

「すると、本当だったんだ」

「なにが、でございましょう」

モトはキッとなって信吾を見た。

「竹輪の友、と言ってもモトさんにはわからないか。このまえわたしの幼馴染が訪ねて来てね、波乃は阿部川町小町、姉さんの花江さんと阿部川町の小町姉妹と噂《うわさ》されていたと聞かされて、驚いたばかりなんだよ。本当のことだったんだね」

「本当でございますとも、ですが」と、モトは悲痛と言っていい顔になった。「わたくしの申したいことは、そういうことではございません。波乃さまは嫁がれて、人さまの妻となられたのですよ。ありふれた諺《ことわざ》の意味を取りちがえるようなことがあっては、世間の人に笑われ、恥をかかれると申しておるのです」

「あら、あたしは取りちがえてなどいませんよ、モト。番茶も出花を、諺どおりの意味に使いましたから」

「呆《あき》れた。呆れ果てました」

「あの、お二人とも」と、信吾は言った。「話をもどしていいですか。朝、子供のお客さんがやって来て」

「先生を呼びましょうかと言ったら、小母さんでもかまわないって」

「そこからズレたんだな。お客さんにそう言われたから、波乃はわたしを呼ばずに、自分で話を聞いてあげたんだろ」

「あら、やだ。あたしったら」

「大抵のことでは動じない波乃も、事と次第ではムキになることがあるとわかって、少しだけだけど安心したよ」

「恥ずかしい。だけど、小母さんなんて言われたら」

「また、逆戻りじゃないか。で、小母さんでもかまいませんと言われ、相談に乗ってあげたんだね」

「はい。お蔭《かげ》でよろず相談屋には、いつ、どんなお客さまがお見えになるか見当も付かない、ということがよくわかりました。ご苦労のほどお察しいたします」

そこで話は打ち切って、ようやく食事に移ったのである。

二

「お客さまは三人でしたけれど、あたし、みなさんはお友達かしらと、訊いてしまいました」

波乃はそう切り出したのであった。

食事を終えた信吾は、八畳の表座敷に移って波乃の話を聞いた。客が子供であろうと、その秘密を奉公人のモトに聞かれてはならないからだ。

相談に乗ってもらうのは信吾でなくてもいいとのことなので、波乃は子供たちを表の八畳間に導いて、まずお茶と牡丹餅《ぼたもち》を振る舞った。緊張を解《ほぐ》さねばならないと思ったからだ。いくら子供でも、いや子供だからこそ相談屋を訪れるとなると、緊張せずにいられないはずである。

波乃が口を切ろうとした矢先であった。

「あッ、そのまえに、ここはなんでも相談屋ですよね」

そう訊いたのは、一番年嵩《としかさ》らしい女の子である。

「本当はよろず相談屋ですけれど、よろずはたくさんとかなんでもということだから、まちがいではありませんよ」

「でしたら」

そう言って、女の子は懐から重そうな布袋を取り出した。懐が膨れているのに気付いてはいたが、そのせいだったのだ。端切《はぎ》れを継ぎあわせ、巾着《きんちゃく》ふうに紐《ひも》を取り付けてあった。中身はどうやらお金らしいが、波乃はそのことは訊かずに、相手が話すのを待つことにした。

「相談に乗ってもらうにはお金がいると言われたけど、あたしたち、全部集めてもこれだけしかありません。これでは足りませんか」

「困ったことがあってわざわざお見えですから、お話を伺って力になりたいと思います。お金のことは気にしなくてかまいませんが、それにしてもたくさんですね」

「四文銭も混じってますけど、ほとんど一文銭で六百と七文あります」

「みなさんが持ち寄ったの」

「貯《た》めました。少しずつですけど。お使い仕事を頼まれてもらったお駄賃や、お祭りなんかのときにもらうお小遣いを、使わずに貯めたんです」

将棋会所「駒形」の席料は二十文と壁に貼り出してあるが、それからしても六百七文となると、三人でせっせと貯めたとしてもたいへんな金である。

「随分と掛かったでしょうね」

「えっと」と、言ったのは男の子だ。「夏の終わり、秋に入ったばかりからなので」

「九ヶ月くらいになりますね」と、波乃は素早く計算して言った。「そのあいだ使わずに貯めたなんて、すごいことだわ」

波乃は笑い掛けたが、それだけ思いが深いと思うと、気を引き締めずにはいられなかった。

「でしたら、このお金はいただけません」

「六百文では足りないから、相談に乗ってもらえないのですか」

三人が縋《すが》るような目で波乃を見た。哀れになるくらい意気消沈しているのを見ると、胸が詰まってこみあげてくるものがあった。

「そうじゃありません。これほど貯めるのがみなさんにとって、どれほど大変だったかと思ったのです。でもわかりました。お話を聞かせてもらいましょう。このお金はお預かりしますね」

息を詰めていたのだろう、三人が一斉に息を吐いたので、「ふーッ」という思い掛けぬほどおおきな音がした。なんとも切なく、波乃はこの子たちのために全力を尽くしてあげねば、と思わずにいられなかった。

遣《や》り取《と》りをしながらも、頭の片隅で波乃は懸命に計算していた。九ヶ月で六百七文ということは月六十七文あまり、一人頭二十二文ほどになる。どんな家で商売はなにか、家族構成や親戚関係などもわからないが、子供にとって、毎月それだけ貯めるのは容易なことではないはずだ。

「お話を聞かせてもらうまえに、お茶をお飲みなさいな。咽喉《のど》が乾いたでしょう。もらいものですけど、牡丹餅があったので召しあがれ」

三人は顔を見あわせてためらっていたが、女の子が微《かす》かに目蓋を閉じると、二人の男の子は、これもわかるかわからぬかのうなずきを見せた。

「では、いただきます」

子供たちは声をそろえて言った。

波乃は牡丹餅を食べ、茶を含みながら、どのように話し掛ければいいかと考えていた。

顔や体付きに似かよったところがないので、姉弟《きょうだい》らしくないという気がしたが、となるとどういう繋《つな》がりなのか見当も付かない。

「みなさんは仲のいいお友達かしら」

ほぼ食べ終わったころを見計らって、波乃はさり気なく訊いてみた。

またしても、顔を見あわせて目顔の遣り取りがあり、やはり女の子が言った。

「いいえ、姉弟です」

波乃はにこやかにうなずいた。三人がひどく緊張しているのが感じられたので、いくらかでも気持を解したかったからである。

「お名前とお齢《とし》を教えてもらっていいですか」と、女の子に微笑《ほほえ》んだ。「まずはお姉さんから」

波乃は直感で、三人を子供扱いしてはならないと思った。相談屋の客だからではない。三人を対等に、しかも銘々に対して、個人として接しなければならないとわかったからである。

「アキです。十歳になります」

アキはすぐ横の男児をチラリと見たが、波乃には姉が弟をうながしたのだとわかった。男の子は正面から波乃を見て、はきはきとした口調で告げた。

「長男《ながお》です。長い男と書きます。八歳です」

もう一人の男児はもじもじしていたが、アキからも長男からも見られて、ちいさな声で言った。

「むつ。七歳」

「長男さんとむつさんは年子なのね」

「でも似てないでしょ」と、少し挑むような目でアキは波乃を見た。「あたしたち三人とも、まるで似ていないでしょ。姉弟なのに」

「でも、そういうこともあるそうですから」

父親がちがう、場合によっては母親がということもあるだろうが、どうやらそれだけではなさそうであった。でありながらそろって相談に来たのだから、なにかと事情があるはずだ。

昼の食事のまえに波乃が、いつ、どんな客が来るか見当も付かないと言ったのは、まさにこのときの実感だろう。

またしても三人は目顔で会話し、アキが背筋を伸ばして波乃に言った。

「あたしたち、もらわれっ子なんです」

あるいはと思っていたが、その思いを表情に出ないようにするには、たいへんな努力が必要であった。

「でも、とても仲がいいわね」

「でも、ではなくて、だから、なんです」と、アキはそれまで以上に強い目《きつ》で波乃を射た。「三人が仲良くしていなければならないの。あたしたち、固まっているしかないいんです」

波乃は胸を掻《か》き毟《むし》られる思いがして、動悸《どうき》が急激に早まるのを感じた。なんとしてもこの子たちの悩み、苦しみというものを、できるかぎり軽減してあげなければならない、と強く思った。

とはいうものの、三人を苦しめているものがなにで、どこに根源があるのか想像もできなかったのだ。

波乃は比較的裕福な商家で大切に育てられた。姉とは喧嘩《けんか》もするが、それはなにもかもが満たされた上でのことだ。

波乃の対極にいると言って過言ではないこの子たちに、どう対処すべきなのか。三人で固まっているしかないとアキは言ったが、それだけ一人一人が孤独だということだろう。三人がそれぞれを大切にしていなければ、生きていけないにちがいない。

大小は簡単に決められないし、そんなことを思うこと自体が傲慢かもしれないが、三人にとって姉弟の次に、いやおなじくらい、あるいはそれ以上に大切なものはなにだろう、と波乃は思った。考えられることは一つだ。

親ではないだろうか。いや、親にちがいない。それしか考えられなかった。

だが血の繋がった実の親ではなく、継親《ままおや》である。養父であり養母なのだ。そして波乃にはそれ以上のことがわからない。となれば三人がなにを悩み、どうしてそろって相談に来ることになったかの、理由が導き出せないのである。

焦ってはならない。特にアキは少し頑《かたく》なになっているようだ。我慢だ。自分は素人なのに、小母さんでもかまいませんと言われ、子供であればどうとでもなるだろうと考えて、引き受けてしまったのである。

なんとか糸口を見付けて、縺《もつ》れを解さなければならなかった。

「お父さんのことかしら。それともお母さんのことかしら」

三人は顔を見あわせたが、だれもなにも言わない。

「ひどく叱られるのね」

目が落ち着きなく動いたものの、認めたのか打ち消したのかまではわからない。

「お父さん……、お母さん……。それとも二人にかからかしら」

これまでに一番強い反応があったが、気持が揺れ動くことはわかったものの、なにに対して、なぜなのかはまるでわからない。

波乃の心も揺れ動いた。核心に迫っているとは思うのだが、三人の表情の変化があまりにも微妙すぎるのである。どこがどうと確信が持てないので、もどかしくてならない。激しい葛藤がありはしたが、どうしても取っ掛かりがほしくて、意を決して波乃は言葉を絞り出した。

「まさか、ぶたれたりしてるのではないでしょうね」

「ちがう！」

思いもしない激しさであった。三人が三人とも、首を横に振りながら、ちいさな声ではあるが、強く打ち消したのである。となると考えられるのは一つであった。

「我慢できぬくらい酷《ひど》い言葉で叱られるのね」

「ちがう、ちがう、ちがう」

これまた思ってもいない反応だ。

「ちがいます。そうじゃありません」

「まだ、ぶたれるほうがましだ」

最後の言葉は、引っ込み思案で一番気の弱そうなむつであった。

強い口調で打ち消し、ぶたれるほうがましだと言っただけでなく、涙を流している。暴力を振るわれるほうがましだとなると、体より心にとって辛《つら》いということだとしか考えられない。

一体、どういうことなのか。

三

波乃はすっかり混乱してしまった。

継親の暴力や過剰な叱責に、子供が苦しむことは耳にすることがあるし、想像できないこともない。ところが子供たちは、そうではないと断固として否定したのだ。そうしながらも、涙を流しているのである。

流れる涙が波乃の心を締め付けた。

だったら、それを言ってちょうだい。なぜなのか、なにがそれほどみんなを苦しめるのか、小母さんに話してよ、と言いたくてたまらないのを、辛うじて堪《こら》えた。

むりに言葉を引き出しても、解決できるとは思えなかったからである。

それまでの断片的な言葉や、微妙な表情の変化から、子供たちの心の襞《ひだ》の奥に潜む痛みの原因を読み取って、その棘《とげ》を除いてやらねばならない。それが相談屋の仕事ではないか。

信吾とこの仕事について話したことはないのに、波乃はそう確信していた。

あたしは試されている。さまざまなものに試されているのを感じたが、その最大のものは、目のまえにいる硬い表情をした子供たちだ。流れる涙を拭うこともせぬ、いや涙が頬を流れ落ちていることにさえ気付かぬほど、打ちひしがれた子供たち。アキ、長男、そしてむつの三人であった。

なんとしてもあたしが、この波乃が子供たちの心の痛みを取り除いてあげねばならない。

三人がそろって来たからには、だれかによろず相談屋のことを聞いたはずだ。だとすれば、相談相手が信吾だと知っている可能性は高い。あるいは瓦版の噂を耳にして、この人になら力になってもらえそうだと思ったのかもしれなかった。

そして可能な限りのお金を貯めて、足りるだろうか、相談に乗ってくれるだろうかと、不安に思いながらやって来たのである。しかし出て来たのは信吾ではなく、思いもしない小母さんだった。

ところが波乃を見た瞬間、そして声を聞くと同時に、自分たちの力になってくれるのは相談屋のあるじ信吾ではなく、この小母さんかもしれないと思ったらしいのである。

見込まれたとなれば、波乃はこの子たちのためにひと肌脱がねばならない。

「ぶたれるのでも叱られるのでもないなら、やさしいお父さんだと思いますよ。やさしいんでしょう」

「やさしい、です」

「だったら、とてもいいお父さんではないですか。やさしいのになにが不満なの」

「やさしすぎるんです」

アキが波乃の目を見詰めたまま言った。

やさしすぎると言われて肩透かしを喰ったようで、それまで張り詰めていただけに、全身の力が抜けたような気がした。

だったらなにも、悩んだり相談したりすることはないではないか。

言い出しそうになるのを、波乃は辛うじてその直前で抑えることができた。自分の示した反応が、いかに無神経であるかに思い至ったからだ。

同時に衝撃が全身を貫いた。

なぜなら、唐突に見えたものがあったからである。

肩透かしを喰ったように思ったのは、自分が常識を身に纏《まと》った大人だからではないのか。養父は実父よりどうしても子供に厳しく、辛く当たるものだ。であればやさしい養父は、ほとんど奇跡と言っていいほど稀《まれ》なはずである。

だがアキは、やさしい、やさしすぎると言ったのだ。

継子は実子に較《くら》べると、遥かに厳しい条件下に置かれている。その心は裸のまま冷たい外気に、それも吹きすさぶ寒風に曝《さら》されているに等しいかもしれない。それから護《まも》ってくれる養父が、しかもやさしい養父が、なぜこの子たちを苦しめることになるのだろうか。

やはりアキの言葉に鍵が潜んでいそうだ。やさしいだけではない、やさしすぎるのだ。だがやさしすぎることが、なぜ負担になり、苦しめるのかがわからない。

わずかに射《さ》したかに見えた光が、たちまち闇に消されてしまった。

実の子でないのだ。ということは実の父親ではない。

やさしすぎるとアキは言った。

養父は、自分が実の父親でないことに負い目、それも強い負い目を感じているのではないだろうか。それもあって、ひたすら子供たちにやさしくする。やさしくすればするほど子供たちが負担に感じることに気付きもせず、愛情を注ぎ続ける養父……。

一度消えた光が、ふたたび射してきたのが感じられた。その光が次第に明るさを増す。さらに明るくなり、強い輝きを発したとき、波乃は閃《ひらめ》きを得た。

「みんなは、お父さんとお母さんに、思いっきり叱ってほしいのね」

思ってもいないほどの急変、激変で、波乃は唖然《あぜん》となった。

瞳が輝き、一瞬で頬が紅色に変わったのである。ようやくわかってもらえたと思ったからだろうか。

それよりも波乃が感動したのは、笑顔の美しさだ。顔の肌の輝きは、はっとするほど美しかった。

寸刻まえには暗い膜で覆われていたが、目のまえにある肌は生まれたままの素肌なのだ。子供たちは素肌を取りもどした。取りもどせたのである。

「褒めたり叱ったり、周りの友達がしてもらっているように、当たりまえに構ってもらいたいのね」

「あの」と、アキが言った。「小母さんなんて言ってごめんなさい。相談所の人だから、偉い大人の人なんだと思いこんでいたけど、お姉さんだったんですね」

「構わないですよ、小母さんで。あなたたちよりずっと年上なんですから。でも名前で呼んでもらったほうがうれしいな。名前は波乃なの。波は水の表にできる波で、乃はね」

波乃は指でおおきく空中に乃と書いた。

「波乃さん」「波乃お姉さん」と、三人が一斉につぶやいた。まるで噛み締めでもするように。

両手を拡《ひろ》げてそれを抑えると、波乃は次の段階に移った。笑顔は絶やさないが、緊張は高まる一方だ。

「このことは、お父さんやお母さんに話しましたか」

三人が同時に首を振ったが、それは波乃の予想どおりであった。これまでの遣り取りから考えると、自分たちだけで悩んでいたとしか思えないからである。

「親戚の人や近所の人にも、話していませんね」

「はい」

「あたしにだけ話してくれたのですね」

「そうです」

「それが一番よかったのですよ。みなさんはお利口さんだから、だれにも打ち明けていないと思っていました。では、これからとても大事なことを話します」と言いながらも、波乃は子供たちが緊張せぬよう笑いを強めた。「みなさんに、力をあわせてやってもらわねばなりません。姉弟三人でね」

「だったら、五人」

そう言ったのは、やはり一番年上のアキであった。

「どういうことかしら」

「ちいさいので連れて来ませんでしたが、まだ下に二人います」

アキがそう言うと弟たちがすぐに続けた。

「弥生《やよい》。四歳。女の子」と、長男。

「ふみ。三歳。こっちも女の子」と、むつ。

「あなたたち五人姉弟妹《きょうだい》なのね。すると、長男《ながお》さんは長男《ちょうなん》だから長男にしたと思ったけれど、もしかして九月生まれかしら」

「えッ、どうしてわかったの」

長男の問いには答えず、波乃は次々と名を挙げた。

「むつさんは一月。弥生さんは三月。ふみさんは七月だと思うのだけど、わからないのがアキさんね。七月、八月、九月、そのどれかではないかしら」

三人は思わず顔を見あわせたが、声をそろえて言った。

「すっごーい。なぜ、わかったのですか。ねえ、なぜ、なぜなぜなぜ、なぜなの」

「よろず相談屋ですからね。あなたたちのことは大体、わかりますよ」

つい、見栄を張ってしまった。

弥生とふみの名が続いて出たとき、波乃はあるいはと思ったのである。五人とも、もらわれっ子だと言った。すると養父母は、わかりやすく生まれ月を名前にしたのではないだろうか。そこで思い付くままに並べたら、たまたまあっていたのだ。

長男は長月《ながつき》から付けたので九月の生まれ。

むつは睦月《むつき》だから一月。

弥生は三月。

ふみは文月《ふみづき》なので七月。

アキは生まれ月ははっきりしないが、秋に生まれたのだろう、と。なんでもない思い付きだったが、子供たちにとっては魔法のように感じられたにちがいない。

崇敬してくれているはずの三人の気持が消えぬうちに、波乃は話を本題に引きもどすことにした。

「みなさんのお父さんとお母さんが、本当にやさしいことが、あたしにはよくわかりました。だけどやさしすぎるために、友達にいじめられたりするのね」

「もらわれっ子、もらわれっ子って囃《はや》されるのはとても辛いけど、でも、我慢できないことはありません。本当のことだから」

アキがそう言うと長男が口を挟んだ。

「もらわれっ子だから叱ってもらえないじゃないか、と言われたんです」

どういうこと、と言い掛けて波乃は言葉を呑《の》んだ。それこそが、子供たちの辛いところだとわかったからである。

親は子供にやさしく接する。だが悪い、いけないと感じると、ためらうことなく叱るのである。本人のためだとわかっているので、微塵《みじん》の迷いもない。それが本当の親なのだ。

ところがこの子らの養父母は、ひたすらやさしいだけで、厳しく接することをしない。五人もの孤児を養子にし、それを愛情で包《くる》んで育んでいるのである。決して叱らないのは、そうでなくても辛い立場にいる子たちを、それ以上苦しめることがあってはならないとの、養父母に確たる信念があるからだろう。

まったく縁のない子供を育てるには、二人にはそれなりの深い事情があるはずだ。しかし、子供たちにはそこまではわからない。ほかの親子にあって自分たちに欠けているもの、それが子供たちを悲しませているとしたら、なんという皮肉であることか。周りの人から見れば理想的な親に見えても、子供にとっては歪《いびつ》なこともあるのだ。となると、執るべき方法はひとつしかない。

「みなさんは、波乃姉さんの言うことを信じてくれますね」

全員の生まれ月を言い当てたばかりであれば、子供たちが信じない訳がないのを見越して、波乃はそう言った。ちゃっかりと、小母さんを波乃姉さんに掏《す》り替えてもいたのだ。

なにを言われるのだろうと、子供たちが緊張するのは当然かもしれない。

四

「みなさんがどうして辛い思いをしているのかが、あたしにはよくわかりました」とそこで波乃は三人の目を次々に見て、おおきくうなずいて見せた。「それにお父さんもお母さんもとてもやさしい方ですから、あたしがみなさんの辛さを話したら、絶対にわかってもらえると思います。でもね、お二人の気持を考えてほしいの」

波乃が養父母に会って話せば、わかってもらえないはずがない。だが孤児《みなしご》の育ての親にすれば、思いは複雑だろう。庇護《ひご》下にあるはずの子供たちが、育ての親の自分たちに打ち明けずに相談屋を頼ったということ自体が、なんとも言いようのない寂しさを引き起こすのではないだろうか。

「ご両親、と言うのはお父さんとお母さんのことだけど、ご両親はまさかみなさんがそんな辛い思いをしているとは、考えることもできないと思うの。皆さんを一所懸命育て、どんなことでも自分たちに話してほしいと思っているのに、ほかの人に相談したと知ったらどんな思いになるかしら」

「とても悲しいと思います」と、長男。

「寂しい」と、ぽつりと言ったのはむつだ。

「波乃さん。波乃姉さん」

そう言ったアキの声は心なしか震えていた。

「はい。なんでしょう」

「ありがとう」

「あら、なぜお礼を言われるのかしら」

「波乃姉さんに言われて初めてわかったけれど、お父さんとお母さんがかわいそう。とてもかわいそう。あたしね、長男とむつもそうだと思うけど、自分のことしか考えていなかった。なんでこんな辛い、哀《かな》しい、寂しい思いをしなければならないのって。でも波乃さんの言うとおりだと思いました。あたしたちこんなに大事に育てられてるのに、波乃さんに相談して悩みを聞いてもらったと知ったら、お父さんとお母さんは泣きたくても泣けないと思いました」

「さすがアキさんはお姉さんね。だったら、どうしたらいいかもわかるでしょう」

「はい。あたしたち三人で」

「五人でしょ。弥生さんとふみさんも、いっしょでなくっちゃ。黙っていてもいいの。喋《しゃべ》らなくてもいいの。いっしょにいて、五人の考えですって、ご両親にわかってもらわなくてはね」

「そうですね。波乃さんの言うとおり。さすが、なんでも相談屋」

「よろず相談屋でしょ」

「いけない」

アキはぺろりと舌を出した。

「アキさん。よろず相談屋を、なんでも相談屋とまちがえたのは二回目ですよ。最初のまちがいはうっかりですみますが、二回目となると」

「おでこ指パッチン、だよな」

長男がそう言うと、むつも「指パッチン、指パッチン」と囃し立てた。

面喰《めんくら》ったのは波乃である。最初に気付いたのは、はしゃぐ弟たちを苦笑しながら見ていたアキであった。

「波乃姉さん、おでこ指パッチン、わからないのでしょう」

「そうなの」

一番年長だからだろうが、それまでどちらかと言えば澄まし顔だったアキが、零《こぼ》れん
ばかりというか、壊れてしまうのではないかと心配になるほど、顔をくしゃくしゃにし
たのである。

「まあ、アキさんったら、なにがそんなにうれしいのかしら」

「だって波乃姉さんにも、わからないことがあったんだもの」

「そりゃ、ありますよ。まだ十八歳ですからね、知らないことは一杯あります」

「だけど、おでこ指パッチンだよ。弥生やふみだって知ってるのに」

長男がそう言うと、アキが姉らしい顔になって命じた。

「笑ってないで、波乃姉さんに教えてあげなさい」

言われた長男は、なおも笑いながら、唐突に腕を伸ばすと左手の掌《てのひら》でむつの頭を押
さえ付けた。そして右手の親指と人差し指を丸めて、円を作ったのである。だが単なる
円ではなかった。親指の腹で人差し指の爪を、力を籠めて押さえていたのだ。

「わからずやに罰を与えるぞ」

長男はそう言うなりむつの額を、人差し指の先で力まかせに弾《はじ》いた。

パチンと派手な音がして、むつが「痛てッ」と悲鳴を漏らした。

「それが、おでこ指パッチンなのね」

「まちがえたり、悪戯をしたり、嘘《うそ》を吐《つ》いたりしたときの罰なの」

「よくわかりました。みなさん、どうもありがとう。むつさん、大丈夫かしら」

見れば指で弾かれたむつの額が、爪の形に真っ赤になっていた。波乃は指に唾を付けて額を擦《さす》ってやった。

「痛いの痛いの飛んで行けー。男の子だから泣いちゃダメですよ」

むつがエヘへと笑うと、長男が羨ましそうな顔をした。

「ところでアキさん」

「は、はい」

「一番大切な、さっきの話の続きが終わっていませんよ」

「覚えていましたか。波乃姉さん、頭いいですね」

「大人をからかうものではありません」

ピシャリと言った。アキはまたしてもぺろりと舌を出したが、波乃は咎《とが》めなかった。

「あたしたち五人で、お父さんとお母さんにお願いがありますと言います。そして、やさしくしていただくのはとてもうれしいけど、あたしたちが嘘を吐いたり、悪戯をしたり、犬や猫をいじめたり、いけないことをしたら思いきり叱ってください。ほかの家の子供とおなじように扱ってくださいと頼みます」

「そうしているよ、とおっしゃると思いますよ。お父さんもお母さんも。だってみなさんを、大切に育てているのですからね」

「そのときには、もらわれっ子だから叱ってもらえないじゃないか、とからかわれるのが辛いと正直に話します」

「ご両親は五人の子供を育ててくれるやさしい人だから、自分たちがいいと思ってやってることが、あなたたちを哀しませることもあるのだと、きっとわかってくれると思いますよ。今までそんなことをみなさんと話したことがなかったから、勘ちがいしたままだったということにね」

「根気よく話すことにします。わかってもらえるまで」

「たいへんだけど、かならずわかってもらえると信じていますよ」

「波乃姉さん、ありがとう」

「心を籠めて話せば、かならず通じますからね。それから、どうなったかを教えてほしいの」

「どうなったかを、ですか」

「ご両親にわかってもらえたらね、その次にどうするか、どうしたらご両親に喜んでもらえるか、姉さんに素晴らしい考えがあるの。それから、そんなことはないと思いますが、万が一思ったようにならなかったら、いっしょに次の手を考えましょう。だから、心を籠めて話すのですよ」

波乃はそう言って最初の、大切な三人のお客さん、アキと長男、そしてむつを送り出したそうだ。


「なかなかやりますね、波乃姉さん」

「いやですよ、からかっちゃ」

「わたしだったら、とてもそこまでできなかったと思う。ところで」

「そら、来た」

「なにが来たんだい」

「あたしは素人だから、よくないところ、むだなところ、ちょっとの工夫でよくできることが、一杯あると思います。だから、それを教えてほしいの」

「それよりも、次にどうするかの、素晴らしい考えというのを聞きたいな」

「うーん。そのことですか」

「行き掛かり上、そう言ってしまったけど、本当はなにもなくて困ってるの。いっしょに考えて、なんてんじゃないだろうね」

「そのことで相談がありましてね」

「思ったとおりだ」

「子供たちとの約束を果たさなければなりませんので、モトを連れて留守にしなければならないのだけど、かまわないかしら」

「留守にするって」

「よろず相談屋ですから、いつ、どんなお客さまがお見えになるかわからないでしょう。ですから看板にこんなふうに書いて、貼っておいたらどうかと思います。しばらく留守にしますので、御用のお方は用件を書いて伝言箱にお入れください、って」

「だめだね」

「やはり留守にしてはいけないですね」

「いや、留守のことじゃないんだ。その文章はまずいよ」

「お手数ですが、隣の将棋会所までお越しください、と付け加えるべきかしら」

「それは一番まずいよ。しばらくいませんから、どうかご自由にと、空き巣狙いに教えるようなもんじゃないか」

人のいないときをねらって連中は忍びこむので、そんな貼り紙をすれば泥棒の思《おも》う壺《つぼ》である。

「こう書くといい。すぐにもどりますが、お急ぎの方は、連絡先を書いて伝言箱に入れるか、隣の将棋会所にお報せください、とね。すぐもどると書いておけば、一刻半（約三時間）とか二刻くらいなら、留守にしても大丈夫」

「信吾さん、随分と詳しいのね」

「もしかしたら相談屋だけではやっていけないので、空き巣狙いをしてるんじゃないかと言いたそうだね。岡っ引の権六《ごんろく》親分に教えられたんだよ」

「だったら、納得」

「そうじゃなくて知りたいのは、波乃姉さんの素晴らしい考えなんだがな」

「話を聞いただけですけど、子供たちのご両親はとても仲が良いという気がするんです」

「わたしもそう思うな」

「あたし、六百七文という相談料をもらったでしょう。あの子たち、九ヶ月ほどでそれだけ貯めたんですって。計算してみましたが、月に六十七文くらいなので、一人当たり月に二十二、三文になるの。あとで五人だとわかったから、だとすれば一人十二、三文ですけど、下の子は三歳と四歳の女の子だから、お使いとか仕事の手伝いなどできません。だから三人で貯めたのだと思います」

「その相談料を、どうしたいかということだね」

「そうなんです。それはちゃんと受け取ったことにして、そのお金である物を買って、子供たちに、ご両親に贈り物をしてもらってはどうかと思ったの」

「と言うからには企《たくら》みが、じゃなかった、良い考えがありそうだね」

「お二人に毎日、使っていただく物がいいと思ったのだけど」

「あるのかい、そんな好都合な物が」

「お箸なんです。毎日使っていただけるでしょう」

「それはいいなあ。そのたびに、子供たちから贈られたと思うもの。なるほど、いい考えだよ」

「高価なものには象牙とか、それほどではなくても黒檀《こくたん》とか紫檀《したん》もあるそうですよ。でも心が籠もっていれば、塗り箸で十分だと思います。各地に塗り箸がありますが、若狭《わかさ》塗《ぬり》か輪島塗《わじまぬり》だと一級品ですからね。そこに子供たちの思いを籠めてもらえば」

「なんだか、すっかりできあがっているようだね、波乃姉さん」

「めおと箸というのがあります。まったくおなじおそろいのお箸ですが、女箸が少しだけ短いの。そのお箸にあの子たちのご両親のお名前を彫りこむか、漆で塗りあげてもらいます。本来だったら註文《ちゆうもん》して作ってもらうのでしょうけど、名前を彫ったり書いたりは、お見世でやってもらえるんですって。六百文もあれば、名前入りの、それも箱入りで、かなりいいお箸が買えるそうです。それをあの子たちから、ご両親に渡してもらおうと思うのですけど」

「おそろいの箸とはいいところに目を付けたね。さすがに波乃姉さんだ。で、ご両親のお名前は」

「それを聞き忘れちゃいました」

「さすがに波乃姉さんだ」

「ですのでモトを供に」

「さすが波乃姉さん」

「からかわないでくださいよ、まじめなんですから」

「褒めてるんだよ。モトを供にと決めるなんて、波乃姉さんでなければ言えないもの」

「まあ、たいへん。旦那さまのおっしゃる冗談が、わからなくなってしまいました。実《さ》家《と》に帰されたらどうしましょう」

「そんな理不尽なことをする訳がないでしょう。もし逃げ帰られたら、頭をさげて迎えに行きますよ。だってこんな洒落《しゃれ》のわかるお嫁さん、鉦《かね》や太鼓を叩《たた》いて捜したって見付かりませんからね」

「洒落のわかるお嫁さんと言われながら、その洒落がわからないなんて、あたしはなんて不幸な女かしら」

「野暮な人ねと言われたくないので、兜《かぶと》を脱ぎましょう。モトを供、が回文になっていました。上から読んでも下から読んでも、もとをとも」

「呆れた。本人に覚えのないことにさえ、気付くなんて」

「で、モトを供にどうなさるのですか。若奥さまは」

「モトを供に、子供たちといっしょに日本橋のお箸の見世に行こうと思っています。ですからその日は、留守にしなければなりませんが」

「ゆっくりしてらっしゃい。だめなんて言えないでしょ」

なんだか、波乃の胸の裡《うち》には筋書きができていて、本人はそれに従って歩き、信吾は歩かされている、そんな気がしないでもなかった。だがそれは少しも不愉快ではなかったのである。

五

波乃の話を聞いた信吾は、将棋会所にはもどらず、「少し休むよ」と断って八畳間で大の字になった。休むといっても眠るつもりはなかったが、いつのまにかうつらうつらしていたようだ。

気が付くと黒介が傍《そば》に来て寝ていたが、呆れたと言うか、さすがに驚かずにはいられなかった。

座蒲団の上で脚を八の字に開き、両腕というか前脚を拡げて真横に伸ばしていたのである。信吾の真似をして、大の字になっていたのだ。もちろん俯《うつぶ》せではなく、仰向《あおむ》けで天井を見あげている。

肘を突いて上体を起こしかけると、気配で気付いたらしい。おなじ姿勢のままで、目だけを信吾に向けて黒介が言った。

——人がよくこの恰好《かっこう》で寝ているので、よほど気持がいいのだろうと思って、やってみたんだが。

——思ったほどではなかったようだね。

——猫背に向いた寝方ではないってことだな。

そう言いながら黒介は体を起こした。どんな恰好をするだろうと思っていたら、前脚を抱きこむようにして香箱《こうばこ》を作ったのである。どうやら猫には、それが一番楽で落ち着くらしかった。

信吾も起きると胡坐《あぐら》を掻いた。

——おっと、最初に礼を言っておかなきゃならない。教えてもらった伝言箱、あれは期待以上の威力だよ。大助かりしてる。黒介さまがお住まいの向島には、足を向けて寝られないね。

——それについては鰺をたっぷりと喰わせてもらったから、わざわざ礼には及ばんさ。

——鰺は手付けみたいなもんで、鰹が出廻ればお礼かたがた向島の寮に伺おうと思っている。

——気を遣うことはねえんだぜ。

——前回の、伝言箱のことがあるからって訳ではないけれど。

——それが言いたくて鰹の話を持ち出したとすると、いささか姑息《こそく》であるな。二匹目の泥鰌《どじょう》をねらってるとすれば考えが甘すぎる。そんなに簡単に妙案が浮かぶものか。

——伝言箱を備えるようにって助言してもらったのは、たしか去年の八月か九月だった。ということは六、七ヶ月が経《た》ってるって勘定だ。

——だったら考えも浮かぶだろうってか。そういう甘い考えは捨てたほうがいいぜ。猫を頼るなんざ言語道断だ。

——厳しいなあ。

——なにが厳しいものか。信吾にはいわゆる自覚が欠けとるのよ、それも大幅にな。それでいて、自負だけは腐るほどあるのだから困ったものだ。

——そこまでボロクソに言うことはないだろう。おれだって自分の経験のなさ、知識の乏しさは承知してるさ。

——どうだかな。おのれの能力と仕事振りに、自信と誇りを持っておるとしか見えんがね。

——そんなことがあるものか。精一杯、謙虚に生きてるつもりだよ。

——世の困った人や悩んでいる人のために、少しでも力になりたいから相談屋を開いたと言ってたな。

——ああ。

——でありゃ困った人、悩んでる人のことを、もっともっと真剣に考えてやらにゃならんのとちがうかい。

——考えているさ。

——わしには、そうは思えん。

——なぜ、断言できる。

——伝言箱のことだが。

——だから、それについては心から感謝してるよ。

——あれは本来なら、信吾が思い付かにゃならんかったのではないかい。相談客のことを真剣に考えているなら、思い付かんこと自体がおかしいのだ。

——考えてるつもりだがな。

——まるで考えちゃおらん。二十歳になるかならぬかの若造のところに、相談客が来るとは思えんからと、実績を積みあげるまでのあいだ、つまり相談屋だけでやっていける目処《めど》がつくまでってことで、将棋会所を併設したんだろ。

——最善の方法だと思ってるけどね。

——そのことを悪いと言うつもりはない。だがな、将棋会所には何人もの客が通っている。会所の席亭が相談屋のあるじも兼ねているってことは、窓口は一つってことだ。そんなところへ相談に行けるかい。

——敷居が高い人もいるだろうと、思わぬことはないが。

——将棋会所は界隈のお年寄りがおもな客だぜ。おや、あの人には悩みごとがあるようだが、金か、隠し女のことか、それとも身内が厄介事を背負《しょ》いこんだか、って目で見られる。鵜《う》の目鷹《たか》の目で人の困りごとを探している年寄りに、顔を曝そうって者がいると思うかい。

——言われればたしかに。

——昼間は将棋会所があるので、夜とか早朝にと思っても、女や年寄りには物騒だ。男にしたって仕事があれば家族もいるだろうから、相談に行こうと思っても、簡単に抜け出すことはできん。

——そういう人が多いことは、わからんでもない。

——だったら来にくい人には連絡してもらって、人に知られることのない場所や時刻に会うしかなかろう。ところでその連絡だが、書簡を送るにしても人に頼んで書面を渡してもらうにしても、余分な金が掛かるわな。とすりゃ連絡方法を考えるしかない。ここまでくりゃどんな馬鹿でも、連絡箱とか伝言箱を設置しようと考えるんじゃねえかい、信吾ちゃん。

からかわれても、ぐうの音も出ない。たしかに信吾はそう考えはしたものの、それは黒介に伝言箱の設置を勧められたあとのことであった。

平静さを装っていたが、そんなことが黒介に通じる訳がない。

——相談屋のあるじさんが、その程度で凹《へこ》んでちゃしょうがねえなあ。

——凹みもしようというものだよ。言われて気付いたけれど、黒介の御高説、ごもっともだものな。

——深く考えずに言ったことだぜ。御高説はよしとくれよ。言葉をもっと大切に使ってもらいたいもんだな。おやおや、どうしたんだ。悄気返《しょげかえ》ったみたいだが。

——悄気返りもするさ。おれはちょっとまえに、若い商人《あきんど》にこう言ったことがある。

——若い商人って、おれに言わせれば信吾ちゃんだって十分に若く見えるがな。

——おれよりも若いってことだよ。そう話の腰を折られちゃ、進められんじゃないか。

——これはすまなんだ。で、どう言ったんだい。若い商人に。

——そんなふうに言われると、黒介さまをまえにしては、恥ずかしくて言えなくなってしまうよ。

——目を見ては言えないってんだな。だったらしばらくのあいだ横を向いててやろう。

そう言うと、黒介はいかにもわざとらしく顔を背けた。

——わかった。言うよ。たっぷり恥をかいたんだから、多少の上塗りをしてもおなじことだものな。

——そういう投げたような言い方は、信吾ちゃんらしくないなあ。といって、やらなくていいってんじゃないんだぜ。さあさ、聞かせていただこうじゃありやせんか。

黒介がふざけて、役者の台詞廻《せりふまわ》しのような口調で言ったので、信吾も胆《たん》を据えるしかない。

——出鼻を挫《くじ》かれたとなりゃ自棄糞《やけくそ》だ。ほんじゃお聞きくだせえ、商人気取りの若造の小生意気な一くさりを。「商人は言葉を武器にしなければならないと、てまえはつねづね思っておりました」と前置きしてから吐きましたよ、こんな気障《きざ》な台詞をね。「自分は商人だから言葉を自在に操れるように、だれにも負けない武器に磨きあげなければならない」なんてね。

——いよ、名調子。

ひと声掛けると黒介は信吾に顔を向けたが、「さて、お遊びは終わりだよ」とでも言いたげな顔であった。

——名調子はよしとくれ。あれだけ偉そうなことを言ったのに、言葉をもっと大切に使いたいもんだ、なんて黒介に言われると、おれの立つ瀬がないじゃないか。

——信吾が変に絡むものだから、話が妙な具合に逸《そ》れちまった。

絡んだのはそっちじゃないかと言いたかったが、この老練な海千山千を相手には、とても勝てないのはわかっている。信吾は穏やかな笑いを浮かべると、黒介の出方を待つことにした。

――気に障ることがあったかもしれんが、忘れてくれ。今日は久し振りに信吾の顔が見たくなっただけなんだよ。

嘘を吐け、波乃の顔を見に来たくせに。

――ははは。バレてしまや仕方がないか。

話し掛けた訳ではないのに、思いを読み取られてしまったようだ。油断も隙もありはしない、なんて胸のつぶやきも漏れていることだろう。

――人は見掛けによらぬと言うが、信吾には人を見抜く目があるようだ。波乃はちょっとした掘り出し物で、あれだけの女を嫁にしたとなると、わしも信吾を見直さざるを得ないな。

――今日やって来て、チラリと見ただけで無責任なことを言わんでくれよ。

――チラリじゃないよ、ジックリと見せてもらったのだ。子供が三人、相談にやって来ただろう。

――ああ。波乃が相手をしたそうだ。

――だからうまくいったってことだな。

――変なことを言うなよ。おれじゃだめだったと聞こえるじゃないか。

――今回の件に関しては、そう判断してもいいと思うがね。

――ようやくのことで立ち直ったのに、止《とど》めの追撃かい。再起不能になっちまうじゃないか。

――まあ、聞けよ。やって来た子らの相談に乗った波乃が、連中を送り出すまでの一部始終を、たっぷりと見せて、いや、聞かせてもらったのだ。感心したな。波乃のいいところは、常に相談相手の身になって考えようとすることだよ。

――おれは考えてないと言いたいのか。

――そう、いきり立つな。ない訳がなかろう。

――当たりまえだ。でなきゃ、相談屋なんてできる訳がない。

――そうとも、そうとも。よく言った。だが波乃のほうが色濃かったな。もっとも今日が初仕事らしいから、自分を剝《む》き出《だ》しにするしかなかったのかもしれん。だからこそ持ち味がもろに出た、と言えぬこともない。

――相手が子供だし。

――それは関係なかろう。むしろ子供だけに、ごまかしが利かん。その子供相手にあそこまでやったのは、凄《すご》いと言ってもいいのではないか。

――おれも認めない訳ではない。話を聞いただけだが、大したもんだと思ったよ。

――話を聞いただけでそう思ったのだろう。こっちはな、寝た振りをして一部始終を見聞きしていたんだぜ。三人の子供との遣り取り、駆け引きってやつだな、微妙な攻防の一部始終をだ。

信吾は波乃の能力を高く評価していたが、黒介に先に言われたのが気に喰わない。

――人には得手不得手がある。波乃は子供や若い女の悩みには、かなり深くまで対応できるのではないだろうか。だが十八歳の若さだ。しかも女の身である。人生の雨風を潜《くぐ》り抜けてきた壮年あるいは老齢の男の悩みを、どれだけ解消できるだろうか。

――歴戦の強者《つわもの》どもが相手となりゃ、おれにだって荷が勝つよ。

――さっき言ったように、だれにも得手不得手はある。とすれば、おなじ思いを抱きながら、得手と不得手をうまく補完しあえる者が組めばどうだろう。完璧とは言えないにしても、かなりのこと、つまり多くの人の悩みを解消してやることが、できるのではないだろうか。

それは子供たちに対した波乃の話を聞いて、信吾自身が感じたことでもあった。そのことについて考えなければならないと思っていた矢先に、黒介にそれを指摘されたのである。少しではあるが、いや、かなり癪《しゃく》に障る。

――黒介の言いたいことはわからぬではない。だが、今回のことだけで早急に決めるべきではないと思うのだ。実はおれも波乃の話を聞いて、頼もしい相棒になってもらえるかもしれないと思った。だが相談に来るのはどんな相手かわからない。いつ、どんな人が来ても、その人の悩みを解消しなくてはならないからね。子供相手の今回のことだけで引き入れると、波乃に対してとんでもない負担を強いることにもなりかねない。だから黒介。

——おれも信吾とおなじ考えだ。このあと何度かようすを見て、それから判断してもいいのではないのか。あるいはそれでも早すぎるかもしれんが、考え方そのものがちゃんとしておれば、修正の方法はいくらでもあるからな。

——助言、ありがたくいただくよ。

——なんだい、やっぱり助言を引き出そうと企んでいたのではないか。

——そう言うなよ。策士黒介さまの真似をしただけだ。それに黒介さまの助言は、おれには御神託にも等しいからな。さっそく検討させていただくとしよう。

そのとき大黒柱で鈴が鳴った。客のだれかが対局か指導を請うていると、常吉か甚兵衛が報せて来たのである。

——仕事が入ったようだ。ほんじゃ黒介どの、ゆっくりしていってくだされ。

「連絡が入りましたよ」との声と同時に、波乃が八畳間に入って来た。「起きてられましたか。あら、黒介さんもいっしょだったのですね。信吾さん、着替えますか」

「いや、このままでいいだろう」

信吾は小袖を整えて帯を締め直した。

「黒介に水をやってくれ。咽喉が渇いたという目をしてるからな」

「畏《かしこ》まりました。信吾さんにもすぐ用意しますから」

「気が利くね」

「咽喉が乾いたという目をしていますよ」

——思ったとおりだ。

——なにが。

——女房のほうが役者が一枚上だぜ。信吾には人を見抜く目があると感心していたが、見抜かれただけだったたんだな。

聞こえぬ振りをして信吾は部屋を出た。

六

「旦那さま。母屋におもどり願えますか」

境の柴折戸を押して入って来た波乃の女中のモトが、庭から八畳間の信吾に声を掛けたのは、翌日の昼の八ツ（二時）ごろであった。甚兵衛と常吉に目顔で報せると、信吾は沓脱石の日和下駄を突っ掛けて庭におりた。

波乃と暮らす家を母屋、将棋会所とよろず相談屋があるほうを仕事場と、最初に区別するように言ったのはモトであった。

大黒柱の鈴が鳴らずにモトが呼びに来たのはなぜだろう。食事の用意ができたときは鈴が一度鳴るが、昼食はすでにすませている。来客があれば二度、その他は三度となっていた。それ以外の用件ということだ。

柴折戸を押すと子供の声がした。女の子が一人と、男の子が二人。となると、昨日来たアキと長男、そしてむつだろう。だから鈴の合図でなく、モトが迎えに来たのだとわかった。

全員、といっても三人の子供に波乃を加えただけだが、その全員が信吾を見た。だれもが笑顔ということからすると、子供たちが養父母に話して、うまくことが運んだらしい。

「旦那さま、あたしたちはこれから日本橋まで行ってまいります。留守にしますのでよろしくお願いしますね。では」

子供たちをうながして波乃は立ちあがったが、すでに外出着に着替えていた。そういえばモトも、普段着とちがって小ざっぱりとした身装《なり》をしていた。

「旦那さま、もし小腹がお空《す》きになられましたら、蠅帳《はえちよう》にきんつばを入れておきましたので」

モトがそう言うと、「戸締りをしたら出掛けます」と波乃が目配せした。詳しいことはもどってから、との含みのようなので、信吾は仕事場に引き返した。

夕刻。

常連の将棋客たちが帰ったので、信吾と常吉は将棋盤と駒の手入れをした。いつも手伝いながら雑談してゆく甚兵衛も、珍しく早めに帰っていた。

波乃たちがもどったのはその時刻なので、かなり薄暗くなっていた。

「遅くなってごめんなさいね」

言いながら波乃とモトは住まいとの境の柴折戸ではなく、将棋会所の格子戸を開けて入ってきた。モトが風呂敷包みを提げている。

「お腹を空かしてると思って、折に詰めてもらいました」

「片付けが終わったところだ」

「だったら、こちらでいただきましょうか」

波乃がそう言うと、モトが立ってお勝手に廻った。

「お茶を淹《い》れますね」

箱膳や食器は住まいのほうに置いてあるので、仕事場には客用の湯呑茶碗と盆くらいしか用意していなかった。

しかし折詰には割箸が付いていたので、不自由しなかったのである。波乃が仕事場で食べることを提案した理由は、あとになってわかった。

ちいさな相談客のことを、信吾に早く報告したくてたまらなかったからだ。仕事場のほうで食事をすませれば、片付けをモトに頼んで二人は母屋に移れるからであった。主人夫婦が母屋にもどれば、常吉は算盤《そろばん》の稽古か手習を終えれば就寝《やす》むことになる。

モトと常吉に聞かれても問題はないはずだが、波乃としてはちゃんとしておきたかったのだろう。モトが他人に洩《も》らす気遣いはなかったし、前日の事情を知らぬ常吉には、聞いたとしてもほとんど訳がわからないはずである。

食事を終えて母屋に移った信吾は、波乃の淹れた茶を飲みながらたっぷりと話を聞くことができた。

養父の名前が兎一《といち》、養母が礼《れい》と波乃は切り出した。

五人の養い子がそろって、「お父さんとお母さんに聞いていただきたいことがあります」と言ったので、兎一と礼は顔色を蒼《あお》くした。どうやら、とんでもないことを言い出されると思ったらしい。

「おまえたちのことについて話すことは」

そこまで言って、兎一はそれ以上続けることができなかったとのことだ。

「なるほど。だからご両親は」

信吾がそう言うと、波乃はおおきくうなずいた。

「そうなんです。あたし、そんなことさえ気付かなかった自分の浅はかさに、われながら呆れてしまいました」

五人の養い子がそろって、聞いていただきたいことがありますと言ったのだ。両親は子供たちの本当の親のことや、もらわれて来た経緯《いきさつ》を話してくれと迫られるとばかり思ったらしい。そのため顔が蒼白《そうはく》になったが、子供たちのことに関しては、断じて口外することができないからである。本人にはもちろんとして、他人にも話さないことを条件に、もらい受けたからであった。

しかし子供たちに真剣な目で見詰められては、黙っている訳にいかない。父親は苦渋に顔を歪《ゆが》めながら言った。

「おまえたちのことについて話すことだけは、どうしてもできないのだよ」

「だって」

「すまぬ。言えないのだ」

「許してね」

養母がほとんど両手をあわせるように言葉を絞り出し、辛そうに続けた。

「あなたたちに、どうしてもあたしたちの子供になってもらいたかったから、話しませんと約束するしかなかったの」

アキはまるでいやいやでもするように、首を振り続けた。

「あたしたちもはっきりとではないけど、そのことはわかってました。そんなことじゃないんです」

絶対的な禁忌についてではないとわかって両親は安堵《あんど》したが、それも束の間《つかま》、二人は急激な不安に襲われ顔を強張《こわば》らせた。

そして新たな驚きに襲われることになった。なぜなら思ってもいなかったことを言われたからだ。

「あたしたちは、お父さんとお母さんにやさしくしてもらって、心からうれしく思っています。それなのに、こんなことをお願いしなければならないのは、とても哀しいし、申し訳ないのです。だけどなんとか、願いを聞いていただきたいの」

アキだけでなく子供たち五人が、瞬《まばた》きもせず養父を、そして養母を見た。たじたじとなりながら養父母は顔を見あわせ、苦悩を顔中に浮かべた。長い逡巡《しゆんじゆん》があったが、どうしても子らに対する愛には勝てなかったようだ。

「わ、わかった。聞いてあげます」

それを聞くなり、子供たちは顔を見あわせて何度もうなずきあった。そして弟妹の視線がアキに集まる。アキはおおきく息を吸ってから言った。

「他家《よそ》の親が子供にしているように、あたしたちを思いっきり叱ってください」

言われたことが、両親には理解できなかったようだ。

なんとかしなければ、とアキは焦った。せっかく話を聞いてくれると養父が言ったのに、アキの言ったことが通じなかったからである。アキは長男を見た。弟にはその意味がわかったらしく、おおきく息を吸いこんでこう言ったのである。

「もらわれっ子って馬鹿にされたので、本当の子供に負けぬくらい大事にされてるって言い返したんです。するとこう言われました」と、長男はそこで切ってから続けた。

「もらわれっ子だから叱ってもらえないじゃないか、って。本当の親子でないから叱ってもらえないと言われて、どうしようもないほど哀しかったんです」

そう言ったとき長男は心底哀しくなって、思わず涙を流してしまったそうだ。長男の涙を見た両親がどれほど狼狽《ろうばい》したことか。そこまでの衝撃を与えるとは思わなかったので、ごめんなさいとの言葉が自然に口を衝《つ》いて出た。

「おいらが泣いてしまったのは、自分のことが哀しかったからではないんだ」とそのときの気持を、長男は波乃に打ち明けた。「友達に較べてもよほどやさしくしてもらっているのに、その父さんに叱ってほしいと言った自分が、とても自分勝手で我儘《わがまま》に思えたからなんです」

だが結果として長男の涙が親子の絆《きずな》を、決して壊れないほど強固なものに変えたのであった。

じっと長男を見ていた養父兎一の目から、涙がつーッと流れ落ちた。夫と長男を見ていた養母礼の目にも、たちまち涙が溢《あふ》れた。

それが伝染したかのように、子供全員がすすり泣きしてしまった。

しかし、ただ泣いていただけではない、お互いが泣いているのを見ながら、その泣き顔の奥といおうか裏に、笑みが滲《にじ》み出るように現れた。いつの間にか、笑いが涙に取って代わっていたのだ。

最初の長男の涙は哀しみの涙であった。それを見て流れ出た養父母の涙もまた、哀しみの涙であった。ほかの子供たちも、たまらず泣き出した。だが全員が泣いたとき、いつの間にかうれし涙に変わっていたのである。

垣根、塀、壁、溝、堀、濠《ほり》……それらはなんとふしぎなものだろう。堅牢《けんろう》強固なものから、名ばかりで、ただそこにあるというだけのものまで雑多かつ多彩だ。でありながら、それらは物と物を明確に隔ててしまうのである。

そしてそれが消えたとき、だれもがなぜそれがあったかを説明できないことがある。それればかりか、消えてしまっても驚かず、ひどい場合にはあったことを覚えていないことすらあるのだ。

養父母と五人の養子のあいだには、見えない垣根が存在していた。兎一と礼、そして長女アキ、息子の長男とむつ、妹の弥生とふみたちは、気が付かぬままそれらに仕切られていた。

それが唐突に消えたのである。

気付いただれもが心を浮き立たせた。

でもはしゃぎはしなかった。

「あたしたちの願いを聞いてくれると」

アキに言われて兎一はうなずいた。

「ああ、約束したね」

「だったら叱ってください」

「急に言われたって」

兎一がそう言うとアキはさらに追い詰めた。

「だったらお稽古しましょうよ」

「稽古だって。なぜそんなことの稽古を」

兎一と礼は戸惑いながら顔を見あわせた。

姉が二人の弟を見た。

姉に見られて長男とむつは瞬きした。

阿吽《あうん》の呼吸というしかない。

笑っていた長男が、唐突に腕を伸ばすと左手の掌でむつの頭を押さえ付けた。そして右手の親指と人差し指を丸めて円を作った。

「わからずやに罰を与えるぞ」

長男はそう言うなりむつの額を、人差し指の先で力まかせに弾いた。パチンと派手な音がして、むつが「痛てッ」と悲鳴を漏らす。

アキたちが波乃に見せたのを、そのまま繰り返したのである。

「おいおい、そういう乱暴なことをしてはいけませんよ」

「だめですね、お父さん」と、アキは人差し指を立てて揺らせた。「これまでの、やさしいお父さんのままじゃないですか。それじゃ、叱ったことになりません」

長男がむつの頭に手を伸ばした。再現しようとの意図は明確だった。

「こら、よさんか」と言った兎一は、真剣そのものであった。「そんな、乱暴なことをするもんじゃない。年下の者は護ってやらなければならんのに、いじめてなにがおもしろい。そんなみっともないことをして、恥ずかしくないのか」

パチパチとアキが手を叩いた。

兎一は驚き、しばし呆然《ぼうぜん》としてから、照れ臭そうに首筋を何度も叩いた。

「叱るのは難しいなあ。褒めるよりよほど難しいよ」

しみじみと言う夫に礼が笑い掛けた。

「そりゃ、急にはむりかもしれません。でも頑張れば、きっとできるようになりますから」

「子供扱いはよしてくれんか」

笑いが渦になったが、家族全員が大笑いしたのは初めてだったことに気付き、アキはうれし涙が止まらなかった。それは、アキだけではなかったのである。

期待していたとおりの、いやその何倍もの結果が得られたので、相談に乗った波乃の株は一気にあがったとのことだ。


「では波乃姉さんは、みなさんに約束を果たすことにします」

子供たちの話を聞き終えた波乃は、高らかにそう宣言した。

「えッ、約束って」

「どうしたらご両親に喜んでもらえるか、波乃姉さんに素晴らしい考えがあると言ったでしょう」

「ひゃーッ、本当だったんだね。なになになに、ねえ、なんなの」

聞きたがる子供たちを無視して、波乃は身装を整えた。モトにも着替えさせると、仕事場に信吾を呼びにやらせ、留守にする旨を伝えてから出掛けたのであった。

道々、子供たちはどこへ行くのか、なにをするのかを聞きたがったが、波乃は笑って無視し続けた。

目的地は日本橋の室町《むろまち》。

七

繁華なこの町には、あらゆる商家が集まっている。塗物、繰綿《くりわた》、乾物、草履《ぞうり》、小間物、扇、蠟燭《ろうそく》、筆墨硯《ひつぼくすずり》、書物、諸国銘茶、料理、江戸前蒲焼《かばやき》、菓子など枚挙にいとまがないほどだ。

その中に、店売りもしている箸の問屋があった。

波乃が信吾といっしょになることが決まると、婚儀を待つばかりの姉花江と相談して、父善次郎と母ヨネに贈り物をした。

めおと箸を贈ることにしたのは、花江が婿を取り波乃は嫁入りする、それまで育ててくれた両親への感謝を表したかったからである。箸には漆で二人の名前を書き入れてもらった。

「めおと箸はそろい物ですから、書き入れるとは申しません。お名前を盛りあげると言って、文字どおり漆で盛りあげます。ご夫婦のご長命と家運の長久を祈って盛りあげるのです」

あるじにそう言われたのを、波乃は憶《おぼ》えていた。

アキたちから相談を受けたとき、めおと箸が子供たちの養父母に、もっとも喜ばれると思ったのだ。

弥生とふみは幼いので残し、波乃に従ったのはアキ、長男とむつの三人であった。

「ここですよ」

箸問屋のまえでそう言うと、波乃は暖簾《のれん》を潜った。子供たちが、そしてモトが続く。

波乃たちが両親にめおと箸を贈って間もないので、あるじは顔を憶えていた。笑みを浮かべて軽く会釈したものの、さすがに老舗《しにせ》のあるじ、出しゃばることはしない。

「見せていただきますね」

「どうぞごゆっくりとご覧ください」

めおと箸のことを店主に言わなかったのは、子供たちを驚かせるために最後まで取っておきたかったからだ。

紫檀や黒檀のような舶載材《はくさいざい》をべつにすれば、ほとんどの箸材は杉か檜《ひのき》であった。杉には染め、白身、赤杉、赤身（紅白）、塗りがあり、檜はほとんどが白身と塗りであった。

普段、食べるときに使うありふれた箸くらいしか知らないので、子供たちはその種類の多さに驚いたようだ。なによりも装飾の微妙さ、さまざまな色の組みあわせの多彩さと美麗さに、ただただ見入っている。

箸置きと組みあわせになったものがあるかと思うと、木だけではなく竹の箸もあった。

割箸、菜箸《さいばし》に取り箸、箸箱もあれば、箸袋もある。

壁には、文人にでも書いてもらったのだろう色紙が掲げてあった。「箸がよいと食が進む」「箸と主は太いがよい。なにかもやはり太いがよい」「うまい料理なら箸を置かぬ」などとある。落款《らっかん》があるが、波乃にはだれが書いたかまではわからない。

子供たちに箸を見せながら波乃は、めおと箸の並べられた一画に子供たちを誘導した。

「あ、おそろいだ」

まず声をあげたのは次男のむつであった。

「おなじお箸なのに、おおきさがちがうね」

それに気付いたのはアキである。

「アキさんは、よく気が付きましたね」

「名前を書いたのがありますよ」

アキが言った。見本として、名前を書き入れためおと箸を展示してあったのだ。

「はるお、と、あきこ」

春男と秋子と書かれた名前を読んだアキが、ほとんど自分の名とおなじ「秋子」とあったからだろう、顔を輝かせた。

「おそろいで、片方が少し短い。そうか」

「アキさんにはおわかりのようね。めおと箸と言います」

「めおと箸。すると波乃姉さん、これを父さん母さんに」と言ってから、急に顔を曇らせた。「でも、買えません。あたしお金を持ってませんから」

「このままお預かりした六百七文があるから大丈夫。心配しなくていいですよ」

「だって、あれは相談料」

「はい。相談料としていただいています。ありがとうございました。一度もらったので、あのお金は波乃姉さんのものでしょう」

アキは神妙な顔でうなずいた。

「みなさんが親孝行なのでご褒美です。お父さんとお母さんのお名前を書いてもらいましょう。お父さんはなんとおっしゃるの」

「兎一です。兎《うさぎ》という字に、横に引っ張った一です」

「お母さんは」

「礼です。お礼の礼です」

「ではお箸を選びましょう。お金のことは心配しなくていいから、ご両親に一番よろこばれそうなのを選びましょうね」

女の子と男の子、年齢もまちまちなので、なかなか決まらなかった。

お父さんはこの色が気に入りそうだとか、お母さんは着物の柄だって落ち着いたのが好きだから、だったら却《かえ》って派手なほうがいいと思う、などと理由を挙げて自分の考えを述べる。子供たちの見ている両親像がそれぞれちがっているのが、波乃にはおもしろくてならなかった。

見世のあるじに子供たちの両親の名を告げると、「できたら届けましょうか」と言われた。

「それは困ります」

あるじが怪訝《けげん》な顔になったので、しかたなく波乃は理由を言った。子供たちから両親にお礼のために手渡ししたいので、見世に届けられると困るのだ、と。

理由はもう一つあった。両親の名が兎一と礼だと知ったばかりで、見世の所在地はおろか屋号、いや商売さえ知らないのである。しかしそんなことを言う訳にいかない。

「盛りあげとなりますので、名前を書いて漆が完全に乾いてから、その上に書き、ということを繰り返さなければなりません」

「乾くにはどのくらい掛かりますか」

「寒暖とか湿り気の具合にもよりますが、三刻半（約七時間）から六刻（約十二時間）は見ていただかないと」

「塗り重ねの回数は」

「五回から七回は、最低でも三回は塗らねばなりません」

「わかりました」とあるじに言ってから、波乃は子供たちに目を移した。「アキさん、れますか」
長男さん、むつさん。あなた方三人で三日後の昼過ぎに、このお見世に受け取りに来ら
「はい」
アキは姉らしく、弟たちに諮《はか》らず即答した。
「品物、というのはお父さんとお母さんのめおと箸ですが、それを受け取るだけだから
大丈夫ね」
「はい。大丈夫です」
「それからお箸をご両親に渡すときは、三人ではなく弥生さんとふみさんもいっしょに
ですよ」
波乃は見世の表まで連れて行き、帰れるかどうかをたしかめてから送り出した。よろ
ず相談屋を捜して来たのだから、心配はしていなかった。三人が礼を言って頭をさげて
から、アキが言った。
「波乃姉さん」
「はい。なにかしら」
「よろず相談屋さんに、お話させてもらいに行ってもいいですか」
「もちろんよ」
「よかった」とつぶやいてから、改めて礼を述べた。「ありがとうございます。相談料

を使わせてすみません」

「気にしないで。気を付けて帰るのですよ」

三人は何度も振り返って、そのたびに頭をさげた。波乃は子供たちの姿が見えなくなるまで見送ったが、室町の通りを北、神田の方向へと帰って行った。

波乃は笑った。住まいも屋号も、知らないままだったからである。

見世にもどり勘定をすませると、あるじがそれとなく訊いた。

「なかなか躾《しつけ》が行き届いていましたが、親戚のお子さんですか」

「ちょっと知りあいなんですよ」と言って、波乃は話題を切り換えた。「三日後の昼過ぎに来ますので渡してください。三日後となると五回は塗り重ねが利きますね」

「はい。けっこうな盛りあがりになりますですよ」

「ということで旦那さま」

「なんだい。改まって」

「子供たちにもらった相談料ですが」

「足が出てしまったと言うのだろう」

「いいえ、赤字にはなっていません」

「子供たちの窮状を救ったのだから、いい仕事をしたと思いますよ」

「だって、なんでも相談屋、あ、いけない。よろず相談屋でしたね。アキちゃんとおなじまちがいをするなんて」

「いかにも波乃姉さんらしい」

「実は儲《もう》けはないんです」

「相談屋の設立趣旨からすれば、困ってる人の役に立つことだから、そういうことがあってもいいと思います。というのも、まえに話したことのある豆狸《まめだ》の相談料だけどね」

「母狸《ははだぬき》が大怪我《おおけが》をした仔狸《こだぬき》ですね」

「去年の将棋大会の優勝者、準優勝者、そして第三位になる人の名前を教えてもらったんだ」

「相談料代わりにですか」

「しかも宮戸屋の料理の残り物を、毎日運んでやった」

「いかにも信吾さんらしいですね」

「そっくり竹篦返《しっぺがえ》しされたな」

「たまにはそういうこともあるさ、ということにしましょうよ。毎回だと困りますけど」

「雑談していただけなのに、思い掛けない大金をもらったこともあるから、その辺で相殺するとしようか。まるで大名屋敷から盗んだ金を、困っている庶民の家に投げ入れたと言われている、義賊ねずみ小僧みたいだな」

「あたし、子供たちに相談されて訳がわからないまま闇雲に考えたのですけどね。相手の身になって考えることが、いかに大事でたいへんかと思いました」

「わたしだって新しいお客さんに対するたびに、そう思うけれど、かといって楽にできるものではないからね」

「あたし子供たちと話していて、自分がいかに世間の俗っぽい色に染まっているかって、つくづくと感じました」

「おいおい、十八歳の若さで小母さんみたいなことを言わないでくれよ」

「まさに小母さんだと思わされましたよ、自分を。アキちゃんとはたった八歳、上の男の子とだって十歳しかちがわないんですよ。それなのに世間の常識という垢《あか》に、全身を、いえ心を被《おお》われているという気がしました。だからその垢を常に落として、体も心もきれいにしていなければ、相談屋さんは務まらないと思ったの」

「最初の相談相手が子供だったから、特にそう感じたのかもしれないね」

ところが反応がない。ふしぎな気がして波乃を見ると、心ここになしという顔をして、前方に目を遣っている。信吾の言ったことを聞いていないのか、それとも聞こえなかったのか。

そうではなかった。突然なにかを感じて、気持を集中して考えていたのだとわかった。

「信吾さんがよろず相談屋を開こうとしたとき、自分には欠けていることが多いから、すぐには相談に現れる人はいないかもしれない。だとすれば生活できないので、日銭を稼ぐために将棋会所を併設しようとしたんですよね」

「そう。だって親元を離れた以上、援助してもらう訳にゆかないもの」

「ご自分に欠けていることが多いと思ったのは、若造だから経験がない、世間を知らないから、ということですね」

「大筋はそうなるかな」

「普通に考えれば、それは弱点でしかないと思います。だけど本当に弱点でしょうか」

「だって欠けているのだもの。足らないのだから弱みだろう」

「そのように、単純に割り切らなくてもいいのではないでしょうか。というより、割り切るような問題ではないのかもしれない。そんな気がするの」

「どういうことだい」

「信吾さんのお客さんは、ほとんどが大人の常識ある人たちですね」

「同年輩の人もいないではないけど、概《おおむ》ね人生の大先輩ばかりだ」

「あたし、子供たちの悩みを聞いてあげたでしょう。さっき言ったようにわずかな齢の差なのに、自分が小母さんとしか思えなかったんです。だから子供たちの立場に立って考えなければと思ったのだけれど、そうしてみると、それまで見えなかったものが、見える気がしました」

「気がしたのではなくて、幕を取っ払ったから見えたんだと思う」

「ですから信吾さんも自分を若造だからと決めつけないで、それを弱点と考えず、逆に武器としたらどうでしょうか」

頭をガツンと殴られたような気がした。

これまで感じていながら突き詰めて考えなかったというか、自分の思いに集中しなかった点を指摘されたとわかったのである。

「いわゆる世の大人、常識のある大人は、知識があり、経験があるためにそれに縛られて、逆に見えなくなっていることも多いのではないのか、ということだね」

「もちろん、常識も知識も、それに経験というものが、問題解決の基本だと思いますよ。ですけど」

「縛られてはいけない。見えるはずのものが見えなくなることがある、ということだ」

「そのためには相手の、相談者の気持になってあげることが大切だと思います」

「黒介にもおなじことを言われたよ」

「黒介にですって」

「伝言箱は黒介に助言してもらって設けたんだけど、相談者のことを本当に考えているなら、わたしが思い付かなければならなかったってね」

「厳しいことを言いますね。あんな惚けた顔をしていて」

「いくらなんでも惚けた顔はひどくないか。あれでいて、なかなかの策士なんだよ。惚けた顔も策のうちなんだと思うな。黒介にこうも言われたよ。波乃のいいところは、常に相談相手の身になって考えようとすることだよって」

新しい看板

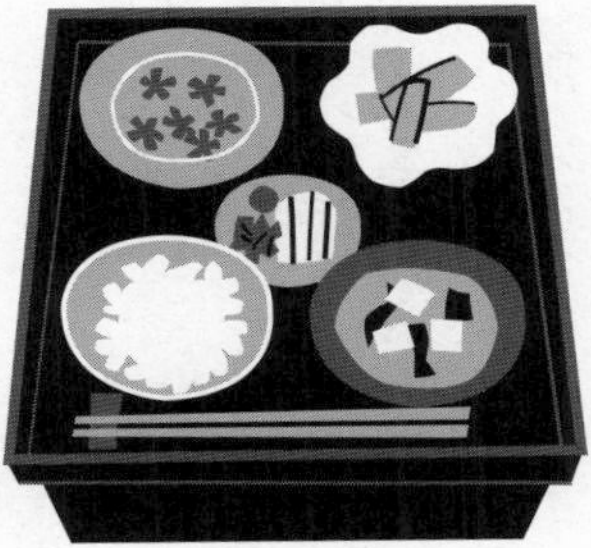

一

「それにしてもちょっとした思い付きにすぎないのに、便利なものでございますなあ。紐《ひも》を引っ張るだけで、わざわざ柴折戸《しおりど》を押して報《しら》せなくてもいいのですから」

甚兵衛が感心したのは、仕事場と住まいの大黒柱に取り付けた鈴のことであった。食事ができたときは一度、来客は二度、その他は三度と合図を決めているので、行き来するむだを省けるからである。

手習所が休みの日に将棋を指しに通っている子供たちの何人かが、おもしろがって引っ張ったことがある。しかし、すぐに悪戯《いたずら》だとわかったのは、決め事を知らないため五度も六度も続けて鳴らしたからだ。

「知らずにやったのであれば仕方がないが、ふざけてやったときは席料返して帰ってもらうからな。それでも止《や》めなければ、出入りお断りだぞ」

信吾のひと言で悪戯は終息した。席亭はおだやかだが、怒ると怖いことを子供たちは知っているからだ。

「よろず相談屋を開こうというだけのお人ともなると、考えることがてまえどものような盆暗《ぼんくら》とは、ちとばかしちがうということですかね」

人によっては皮肉と聞こえなくもないが、将棋会所「駒形」とよろず相談屋の大家でもある甚兵衛は、本心からそう思って言っているのがわかるのであった。

「お客さんだとすると、このような時刻には珍しいですね」

二度鳴った鈴の合図を聞いて立ちあがった信吾は、そう言って首を傾《かし》げた。

時刻は朝の五ツ半（九時）見当であった。相談客はべつとして、大抵の客は午後か夜に来ることが多い。

柴折戸を押すと同時にだれかわかったが、思いもしない客であった。思いもしないというのは、久し振りだというのに、仕事場ではなく母屋にやって来たからで、それがふしぎでならない。

「親分さん、お久しゅうございます。お忙しいようで」

「おうよ。噂《うわさ》を聞いたので、波乃さんとやらのお顔を拝ませてもらいに、一刻も早う飛《はよ》んで来たかったんだが、野暮用続きでな」

名前を知っているということは、どこかで波乃のことを聞きこんで来たのだろう。実家の商いや家族構成などを知っていても、なんらふしぎはない。町奉行所の定町廻《じょうまちまわ》り、臨時廻り、隠密廻《おんみつまわ》りの同心たちの手先となって働く岡っ引であれば、当然のことかもしれなかった。

客は界隈《かいわい》を縄張りにしている権六である。

最近は三人の手下を連れていることが多いので、一人でやって来るとは珍しい。その理由はすぐにわかった。権六のまえで、波乃がにこにこと笑っていたからだ。

信吾がいっしょになったというので、どんな伴侶《つれあい》か顔を見ようと思ったのだろう。できれば波乃と話したいという気もあって、手下を連れずに来たらしい。

盆に急須と空の湯呑茶碗《ゆのみぢゃわん》が載せられていた。ということは権六が来たのですぐに信吾に報せ、波乃が八畳間に導いているあいだに、女中のモトが茶の用意をしたということろだろう。

波乃が茶を注《つ》いで権六、信吾、そして自分のまえに置いた。

「お忙しいでしょうが、将棋会所のほうにもお顔を出していただきませんと。親分さんはどうしたのだろうと、常連さんたちが気にしていますので」

「あっちは年寄りばかりで、陰気だから気が滅入《めい》るのよ」

「若いお客さんも増えましたし、手習所が休みの日には子供のお客さんも」

「近ごろのガキどもは生意気でいかん。それでいて、大人の顔色を窺《うかが》いやがる」

微笑を浮かべて聞いていた波乃が言った。

「あたし、信吾は大の恩人でな、なんて親分さんに言われてびっくりしました」

波乃は目、鼻、眉、唇がくっきりとしていて、微妙な釣りあいを取っていた。そのためかどうか、表情が豊かに感じられる。活《い》き活《い》きと瞳を輝かせた波乃が、いかにも驚いたと言いたそうに目を一杯に見開いていた。

「なにも知らないと思って、からかわれたんだよ」

「あら、そうでしたの」

権六がなにか言い掛けたので、信吾は口早に続けた。

「実を言えば、親分さんこそ大恩人。相談屋と将棋会所を開いたばかりの、右も左もわからないとき、手取り足取り教えてもらったんだ」

またもや権六が割りこもうとしたので、信吾はさらに早口になった。

「それよりも、瓦版で騒がれたから波乃も知っているだろう」

同業の料理屋の悪巧みで、宮戸屋が食中《しょくあた》り騒動を引き起こしたことがある。

このままでは潰れるしかないという瀬戸際で、権六が相手側の企《たくら》みを見破って、瓦版書きの天眼《てんがん》に事実を書かせた。お蔭《かげ》で、陥れようとの奸計《かんけい》を暴かれた料理屋は廃業に追いこまれ、宮戸屋にはそれまで以上にお客さんが来てくれるようになった、との経緯《いきさつ》がある。

「そのような頼もしい親分さんがいてくださると、本当に心強いですし、安心でございます。今後とも、どうかよろしくお願いいたします」

波乃も心得たもので、権六の機先を制してそう言うと、深々と頭をさげた。

「波乃さん、よう」

「はい」

「口下手なこちとら十手《じって》持ちに較《くら》べ、信吾は弁の立つ商人《あきんど》だ。話半分に聞かなくちゃなんねえぜ」

「あら、主人こそ商人には珍しい口下手だと思っておりましたが」

権六はマムシの異名になった左右におおきく離れたちいさな目で、じっと波乃を見てからニヤリと笑った。笑ったほうが不気味である。

「可愛《かわい》いお嫁さん相手じゃ、信吾が口下手になるのもむりはねえか」

「冗談はよしてくださいな」

「それにしても、波乃さんは大《てえ》したもんだ」

「あら、なにがでしょう」

「こちとら、このご面相だからな。前触れもなく顔を出すと大抵の女の人なら怯《おび》えて、口も利けなくなるものだが、波乃さんはまるで動じなんだ」

「でも、まさか怯えるなんて。そんな方がいらっしゃるのですか。親分さん、おからかいですね」

「いや、決して大袈裟《おおげさ》に言《ゆ》うておるのではねえし、ましてやからかいなんぞであるものか。尾籠《びろう》な話で申し訳ねえが、黙ってこの面をぬっと出したら、失禁、おもらしってやつだな。それをやっちまった気の毒な奥さんがいた。帰り際に一分金を入れた紙の包みを渡されたが、どんなことがあっても人さまには話してくださるな、ってことだろう。だからあっしも話さねえのよ。話すのはここまでで、住まいや名前を出すことはしねえのさ」

フフフと波乃が含み笑いをした。

「こんなところで笑う女性《おひと》がいるとは、さすがのあっしも思いもせなんだぜ」

「親分さんはお仕事が滑らかに運べるように、作り物の怖いお顔と、凄《すご》みのあるお声をなさってるのでしょう。取り調べの相手が、このお人のまえではうっかりしたことは言えない、ましてや嘘《うそ》なんか吐《つ》けないって、そう思うしかないように仕向けようとの深いお考えで」

権六は波乃ではなく、信吾の顔をまじまじと見た。

「信吾、よう。それにしても、なんて嫁さんなんだ。一体全体、どういう」

「どういうと言われても。ちょっと変わり者かもしれませんが」

「ちょっと、とか、かもしれません、なんて生易しいもんじゃなかろう。それにしても会ったばかりの若い娘さん、じゃなかった、若奥さまにだ、隠し続けてきた秘密を言い当てられるとは、思いもせなんだぜ。実はな、だれにも言わんでもらいてえが、まさに波乃さんのおっしゃるとおりよ。悪人どもに舐《な》められねえようにと、むりに凄みのある顔と声を作って決めていたのだ。ところが、一筋縄ではいかぬ十手持ちってのを演じ続けたために、それが地となってしもうた。お蔭で浅草一の美男子だと娘っ子を騒がせた権六さまが、マムシだの鬼瓦だのと陰で言われる体《てい》たらくよ」

ご冗談をと言いたげに信吾は笑った。

波乃は、親分さんの顔を見て怯《ひる》むような女ではありませんよ。一帯を支配している野良犬の群れが駆け寄ったときでさえ、顔色ひとつ変えませんでしたから、と口まで出掛かったのを信吾は辛うじて押し止《とど》めた。

町奉行所の同心やその手先の岡っ引は、顔を見れば旦那さまとか親分さんと呼ばれても、裏では「御番所の犬」と陰口を叩《たた》かれている。うっかり犬と較べたりしようものなら、あとが怖いということだ。

「それにしても波乃さんのようなお人はまずいねえと思うぜ、浅草じゅう、いんや江戸じゅう捜したって」

「まあ、うれしい」

「なにがですかい」

権六は呆《あき》れ果てたという顔になったが、波乃は意に介さない。

「江戸じゅうということは、国じゅうということでしょう。この国で一番ということですものね」

それを聞いた権六は右の掌《てのひら》を額に当てたが、手を離すと首を何度も振った。

「信吾ほどの変わり者はいねえと思っていたが、上には上があるもんだ。信吾に輪を掛けた変人がいようとは、お釈迦《しゃか》さまでもご存じあるめえ」

「それほど変わっているとは思えませんが、てまえと似ているところはあるかもしれませんね」

「あるかもしれません、なんてもんじゃねえぜ。まるでそっくりじゃねえか」

「そうでしょうか。祖母には、破鍋《われなべ》に綴蓋《とじぶた》と言われましたが」

「破鍋に綴蓋ってか。信吾と波乃さんは、そんなんじゃねえよ。鍋に罅割《ひびわ》れは入ってねえし、蓋は継《つ》ぎ接《は》ぎなんかじゃねえ。昔、太閤《たいこう》秀吉ってお人は、金の茶室で金の茶釜を使って茶を点《た》てたってえが、二人は金の鍋に金の蓋だぜ」

「あらま、たいへん。信吾さん、あたしたち金の鍋に金の蓋ですって」

「金は金でも滅金《めっきん》、俗にいうメッキってやつだろう。それにしても、親分さんはお世辞が上手になられましたね」

「でも真顔でおっしゃいましたよ。本当にお世辞なのでしょうか」

「さらりとそう言えるのだから、波乃さんが信吾を変わり者だと思えないのも、むりはねえか」

「でも信吾さんは、そんなに変わり者でしょうか」

「人を見たら泥坊と思えと言われる世の中だ。人に弱みや隙を見せちゃ、付け込まれて痛い目に遭い、手ひどい思いをさせられる。なのにだぜ、生まれついての悪人はいないなんてことを、白々しくも宣《のたま》われる御仁だからな、信吾どのは」

笑って聞いていた信吾が、一瞬で真顔になった。

「それはね、親分さん。ちがいます。だからこそ、声を大にして言わなければならないのです」

「なぜ言わなきゃならんのだ」

「だれもがそう思ってますし、百人のうち九十九人が、いえ千人いれば九百九十九人が、そう言うと思いますよ」

「そのとおりだからだよ。だれもがそう思ってるからじゃねえか」

「だけど、それでいいのですか」

信吾がそう言うと、権六は鼻で笑った。

「いいも悪いもあるもんか。そういうもんだから、だれもがそう思っておるのだからな」

「そんなふうに端《はな》から諦めていたら、世の中は少しもよくなりませんよ」

「しょうがあるめえ。みんなが泥坊なら、盗《と》られぬように気を付けるしかなかろう」

「そういう世の中だから、生まれたときはだれも善人なのに、次第に悪に染まっていくのではないですか」

「ああ、小児は白き糸の如《ごと》し、と言うからな。真っ白だからこそどんな色にも染まっちまう。赤とか黒とか、強い色、濃い色ほど染まりやすいのよ」

「だったら、染まらないようにせねばなりません。そのためには赤や黒の人を減らさなければ、世の中はいつまで経《た》ってもよくなりませんよ。赤や黒の人をなくすには、染まりやすい小児のころから、だれもが気を付けて染まらないようにし、悪人を少しずつ減らしていくしかないではありませんか。どうせできっこないからと諦めたら、いつまで経っても今のままです。それでいいんですか」

「いい訳ねえがな。こちとら、その悪人ってやつをひっ捕らえるのが仕事よ。悪人がいなくなってみねえな。おまんまの喰《く》いあげで、妻子を養っていけねえんだぜ」

いささかムキになりすぎたと、信吾は苦笑した。権六親分とはもともと意見が嚙《か》みあう訳がないのだから、互いをちょっぴり変わり者だから辺りに止めて、おだやかに付きあうしかないのである。

「驚いてねえところを見ると、波乃さんも信吾の言うことを、おかしいとは思っとらんようだな」

「今の話は初めて聞きましたが、さすが信吾さんだと」

「まったく、なんて嫁だと言いたいが、亭主がこれじゃ、まともな、というか、ありきたりな嫁では務まる訳がねえもんな。似た者夫婦はときどき見ねえこともねえが、こんな変ちくりんな似た者夫婦は見たことがねえ」

「似てますかねえ。波乃は変わってるなと思いますが」

「信吾さんこそ変わってますよ。だからあたしは、いっしょになろうと思ったんですもの」

「これはご馳走《ちそう》さん」

「あら、ごめんなさい。ついムキになって」

「若い女のムキはいいよ、色気があるからな。男がムキになると、むさ苦しくて見てられねえ。ところで信吾、将棋に傍目《おかめ》八目《はちもく》って言葉があるだろう」

「八目だから将棋ではなくて囲碁だと思いますが、意味はわかります。区別することはありませんね」

「ああ、どっちだろうとかまやしない。やってる者よりも、傍《そば》で見ている者のほうが、よくわかるって意味だな。信吾と波乃さんはそれだ」

「何人もにそう言われましたが、親分さんにも言われたとなると、やはり似た者夫婦なのかなあ」

「信吾はまともじゃないし、話すことがおもしろいんで、ときどき顔を見たくなって、なんとか仕事のあい間を縫ってやって来てたんだがな。波乃さんがこうだと、ますます足を運ぶ回数が増えそうだ」

「親分さんなら、いつでも大歓迎ですよ」

波乃がそう言うと、信吾は念を押した。

「しかし、将棋会所にも顔だけは出してくださいね。常連のお客さんにも安心していただくために」

「お茶のお替りをお持ちいたしました」

モトがそう言って、急須と茶碗を載せた盆を置くと、先に出ていた盆を取ろうとした。

「お話が弾んでよろしゅうございます。声が似ているのでまさかと思いましたが、やはり権ちゃん、失礼、権六さまでしたのね」

「えッ」と、驚いたのは権六であった。「モ、モトさんじゃないですか。どうしてここに」

「波乃お嬢さまが嫁入りなさいましたが」

モトはそこで信吾と波乃に目を遣《や》ったが、取《と》り敢《あ》えず簡単な事情だけでも話さねばと思ったらしい。

「姉の花江お嬢さまのお婿取りのまえに、妹の波乃さまがお先に仮祝言を挙げられたのです」

「ええ、あっしも耳に挟みましたので、驚いて駆け付けたというようなことでして。あ、波乃さんのことは存じませんでした。信吾さんに、昵懇《じっこん》にしていただいておりましたのでね」

権六親分はそれまでに聞いたこともない言葉遣いと神妙な言い廻しで、別人というよりりは、しどろもどろであった。

それにしても一体、どういう関係なのだろうか。モトが権ちゃんと言って権六さまと言い直し、権六がモトさんと言ったのだ。二人に接点があるなどとは、信吾には思いもよらなかった。

「少しでも早くとのことでしたので、お料理と掃除、洗濯などを十分おできにならぬまま輿入《こしい》れされました。ですので、ひととおり覚えていただくまでのあいだわたくしが、料理をお教えしながら、身の廻りのお世話を。ですがお嬢さま、失礼いたしました、波乃奥さまはとても覚えが早うございますので、わたくしもこちらには、そう長くいることはないと思います」

「そうでしたか。それにしても世の中には、ふしぎなこともあるものですなあ」

「お話し中、たいへん失礼いたしました」

モトは一礼すると、盆を手にさがった。

気のせいか権六親分は落ち着きがない。

波乃がモトの持って来た急須から、湯呑に茶を注いで、それぞれの膝のまえに置いた。

信吾はモトについて権六に訊《き》こうとは思わなかった。おそらく波乃も、モトに権六について訊くことはないだろう。二人とも信吾や波乃に較べると倍以上の年齢なので話したくないこともあれば、話せない事情もあるはずだ。

もし本人に話す気があれば、こちらから訊かなくても、折を見て打ち明けてくれるだろう。物事には流れがあるので、むりをしたり流れに逆らったりしないほうが良いことが多い。

それは相談客に対しても言えることであった。信吾は初めのころ、相談を受ける以上は相手のことをなるべく詳しく知っていたほうがいい。いや、知っておくべきだとの思いが強かった。

だが次第に、大事なのは先方の悩みや迷いを解決することで、それに必要なだけの知識さえあれば十分ではないか、と思うようになっていた。

波乃の場合は、それを最初の相談で実感したのである。

普通の親子のように優しくしてもらいたいし、厳しくもしてもらいたい。褒められるとうれしいが、それが自分のためになると思えば思い切り強く叱《きつ》ってほしい、との切実な思い。それを成就させるために、波乃は出せる力を出し切ったのである。

そして子供たちの願いは叶《かな》ったが、波乃が知ることができたのは、育ての親の名前と養い子となった五人の子供の名前だけであった。かれらの住まいはもちろんとして、商売はおろか屋号さえ知らないままなのである。

だが子供たちの笑顔を見た瞬間、努力が報われた充足感を味わうことができた。それ以外のことは、どうでもよいと思ったのだ。

「権六親分さん。いかがですか、久し振りに駒形堂《こまんどう》まで散策と洒落《しゃれ》ようではありませんか」

信吾が持ち掛けると、権六はほっとしたような顔になった。

「そうだな。波乃さんのお顔はいつでも拝めるし、大川の川風に頰を撫《な》でてもらうとしようか」

権六親分、なかなか味なことを言う。モトと再会したことが、関係しているのかもしれないな、と信吾は思った。

二

隅田川とも呼ばれる大川は、御厩河岸《おんまやかし》、駒形堂のまえ、吾妻橋から山谷堀が合流する今戸橋の上流辺りに掛けて、地元の人たちには宮戸川の名で親しまれている。信吾の両親が営む会席と即席料理の宮戸屋は、宮戸川から名をもらったものだ。

昼が近いので、権六の都合次第では並木町の名物泥鰌《どじょう》の山城屋か、材木町の御膳と生《き》蕎麦《そば》の柳屋にでも入ろうか、と信吾は考えていた。

川面《かわも》を大小の船や舟が行き交っているが、荷物を積んでいるため吃水線《きっすいせん》の低い荷船の動きは鈍い。それだけに吉原への遊客を山谷堀まで運ぶ猪牙舟《ちょきぶね》が、縫うようにして進む速さがやけに目立つ。

波がひたひたと岸を打つ音が、耳に心地よかった。

「潮の匂いが強いってことは、上げ潮になったらしいな」

昼間は海から陸へ、夜間はその逆方向に風が吹く。上げ潮の上を海からの風が吹いて来るので、潮の匂いが強いのである。

「親分さん、いい鼻をしてますね」

「ああ。商売道具《しょうべえ》だからな」

さり気なく言ったが、鼻がいいのは御番所つまり町奉行所の犬だからとの、自嘲であったかもしれない。気心の知れた権六だから聞き流してくれたが、ほかの同心や岡っ引なら捻《ね》じこまれても仕方のないところだ。

「親分さんと話らしい話を初めてしたのが、駒形堂の裏手でした」

「そうだっけか」

そのときの雑談から権六は閃《ひらめ》きを得て、押し込み強盗の一団を一網打尽に捕縛できたのである。それがきっかけとなって権六は次々と手柄を立て、地元の人たちに頼られる親分さんとなった。「そうだっけか」は権六らしいお惚《とぼ》け、でなければ照れだろう。

「てまえにとって駒形堂は、とても縁起のいい場所でしてね、親分さん。よろず相談屋のお客さんの何人もと、お堂やその近くで話をしましたが、そのどれもがうまくいったのですよ」

「とすりゃ、馬頭観音の御利益だな。ここが観世音菩薩《かんぜおんぼさつ》の上陸の地だからってんで、駒形堂を建てて馬頭観音を祀《まつ》ったそうだ。駒形堂は浅草寺に参拝する人のために、今は西を向いているが、元禄《げんろく》のころまでは東、つまり宮戸川に向いて建てられていたらしい。川に棲《す》む魚のために、生き物の護《まも》り仏である馬頭観音を祀ったんだな」

「親分さん、お詳しいですね」

信吾は浅草広小路に面した東仲町の生まれだから、子供のころから祖母の咲江に繰り返し聞かされていた。しかしそんなことは曖気《おくび》にも出さない。

「あたぼうよ、こう見えたって浅草っ子だもんな」

なんでもないことなのに、鬼瓦の権六が浅草っ子などと言うと妙におかしかった。

「相談のどれもがうまくいったこともありますが、駒形堂はてまえにはお気に入りの場所になりました」

どれもがというのは言いすぎで、かなりというところか。

白犬の体に閉じこめられた幇間《たいこもち》の宮戸川ぺー助から、相談を受けたのも駒形堂である。さる大名家のお家騒動解決に協力したときも、駒形堂のまえから目隠しして駕籠《かご》に乗せられ、大名屋敷に連れて行かれた。どちらも、思いもしなかったほどいい結果を招いたのである。

ほかにも、いくつもの相談が駒形堂絡みで解決していた、信吾にとって、まさに縁起のいい場所なのだ。

住まいのある黒船町から駒形堂までは、三町半（四〇〇メートル弱）ほどである。話らしい話もせぬうちに着いてしまった。

「てことなら、お詣《まい》りせにゃならんな」

権六は巾着から小銭を出して賽銭箱《さいせんばこ》に投げ入れ、両手をあわせた。

信吾もおなじようにして、これまでのお礼と、以後の御利益あらんことをお祈りした。そして少し考えてから、もう一文を追加したのである。

「どしたい」

「お礼とお願いの両方を一文で済ませるのは、厚かましいと思いまして」

「律義なやつだな。そんなふうにされると、神さまも放ってはおけまい」

二人は大川に向かって、手ごろな石に腰をおろした。記憶が蘇《よみがえ》ったが、権六と最初に話をしたときとおなじ石であった。

「この世の人でねえのが、二人になっちまったってことだな」

信吾に話し掛けたのか、権六の独り言なのかわからない。わかったのは、二人と言うのが信吾と波乃を指していることくらいだ。

横眼《よこめ》で権六を見ると、信吾の視線を避けたいからかどうかはわからないが、親分は懐から莨入《タバコい》れを取り出した。

おもむろに煙管《キセル》を抜き出すと、権六は雁首《がんくび》に刻み莨を詰めた。燧石《ひうちいし》や附木《つけぎ》を出し、器用に火を刻みに移す。ゆっくりと喫《す》い、しばらく口の中で遊ばせてから、細く長く煙を吐き出した。

「おれがときおり信吾の顔を見たくなるのは、この世の人じゃねえからよ」

「まだ、あの世の人でもないですよ」

「むりに冗談を言わなくていい」と首を振ってから、権六は続けた。「信吾はこの世の人でありながら、この世の人でねえ」

「まさか幽界と現世《うつしよ》を彷徨《さまよ》っていると言いたいんじゃないでしょうね。わかるように言ってくださいよ、親分さん」

「おれなんざ年中、世俗の塵《ちり》と埃《ほこり》にまみれちまってる。そうならねえように、常に気を付けてはおるのだが、なんせ扱うのが世俗の塵と埃そのものだからしょうがあるめえ。その真っただ中にいりゃ、どんなに気を付けていてもまみれちまわあ」

「そういう意味でしたら、てまえだっておなじだと思います」

「それがそうでもないのだな」

「なにがそうでもないのか、さっぱりわかりません」

「世俗の塵と埃というより、霧か靄《もや》のようなものかもしれん。それが晴れるんだよ、信吾と話しておると。しかもサーッとな。芝居の幕を引いたり、うしろ幕を断ち落としたりすると、それまで隠されていたものが一瞬にして現れるように、だ」

「一気にですか」

「そうだ。一気にだ」

「サーッと、ですか」

「サーッとな」

「そこんとこはわかるのですが、てまえと話していると、というのがどうもピンとこないのですがね」

　ミヤコドリが数羽、巧みに翼を操りながら、大川の川面の五丈（一五メートル強）ほど上空、ほぼおなじところに漂い続けている。ゆらゆらとわずかに揺れながら一箇所に止まる、その不可思議さに見とれていると権六が言った。

「塵や埃が降り積もったと思いねえ。すると物の形がわからなくなるだろう」

「分厚く積もってしまえば、わかりにくくなりますね。ですが、よほど降り積もらないことには」

「信吾と話しておると、その塵や埃が消えてしまうのだ。するとどうなる」

「もとの形が見えます」

「それだ。塵や埃がなくなり、霧や靄が一気に消える。邪魔する物がなくなるから、見えるんだろうな」

権六の言わんとしていることが、ようやくわかった。

「どう言えばわかってもらえるのか、どうにもようわからなんだが、ようやくのことわかった。まあ、なんとなくではあるがな」と、権六はややこしい言い方をした。「信吾のことをこの世の人でありながら、この世の人でねえと言ったのは、こういうことだ」

人はこの世に生きているかぎり、だれも世俗の塵と埃にまみれずにはいられない。程度に多少の差があるだけでしかないだろう。

ところが信吾には、というのはその心にはということだが、なぜだかわからないが塵と埃が積もらない。いや、権六の目には積もって見えないし、積もらないとしか思えないらしいのである。

そんな信吾と話していると、権六は自分に降り積もった塵と埃が、奇妙なことにいつの間にか消えていることに気が付く。ところがそれは信吾と話しているときか、そのあとの短いあいだだけであった。

その不可思議さは、信吾がこの世の人でありながらこの世の人でないからだ。だから権六はときどき信吾の顔を見、信吾と話をしないと、降り積もった塵と埃のために、物事の輪郭がぼやけてしまうと言うのである。

「年寄りが、目が霞《かす》んで物事がぼんやりとしか見えんと嘆くが、あれとおなじなのかもしれんな」

「親分さんは常にいくつもの仕事と申しますか、案件を抱えてらっしゃるのでしょう」

「まあな。一気に片を付けねばならんというか、そうせんと終えられん仕事もあれば、何ヶ月、場合によっては半年、いや一年ほどかかるのもあるわな」

「なるほど。そうしますと、余計に見えにくくなることも出てくるでしょうね。ですが、てまえのこんな顔を見たり、雑談に近いことをしたりで霧や靄が晴れるのでしたら、いつでもいらしてください」

「そのことだが、これまで以上に頻繁になる」

「ですから、大恩ある親分さんのためにお役に立てるなら」

「それは言わんでくれ。貸し借りなし、ってことになっとるではないか。だが大袈裟でなく、足繁く通うことになるぞ。それというのも、ほれ、なんて嫁だとしか言いようのない信吾の伴侶が、これまた信吾に負けぬ準縄をおおきく逸脱した女傑だからな」

「女傑ですか。親分さんがそうおっしゃったと知ったら、どんな顔をするか見ものですね」

「さっき、四半刻《しはんとき》（約三〇分）くらいだったろうが、波乃さんと話しておったのだ。すると、それまでどうにもできなんだ壁が、音を立てて崩れる思いがした」

「解決の糸口が見付かった、ということですね」

フフフと笑って権六は答えなかったが、不意にその笑いが消えた。

またしても莨入れを懐から出し、ゆっくりとした、しかしたしかな手順で刻み莨に火を点《つ》けて、薄青い煙を燻《くゆ》らせる。坐《すわ》っている石に軽く雁首を当てて吸《す》い滓《かす》を落とすと、煙管をていねいな仕種《しぐさ》で莨入れにもどした。

莨を喫うというより、考えをまとめていたように信吾には思えた。

「さっき、と言うのは黒船町でのことだが、赤や黒の人をなくすためには、染まりやすい小児のころから、周りの者が気を付けんといかんと言うておったが」

「青臭くて笑いたくなるでしょうね、親分さんには」

「ああゆうことを、常日頃というか、ときおりだとしても考えておるのか」

「折に触れて、考えさせられますね」

「本当は上のほうでちゃんと考えていただかねえと……、おっと」と、権六は口を噤《つぐ》んで周りを見廻した。「わしらごとき軽輩が、口にすべきことではないがな」

口を挟むべきではないと直感したので、信吾は静かに待った。

「なんでかな」

「なにがでしょう」

「いつも奇妙でならんのだが、信吾と話しておると、普段どんなことがあろうと口にしないようなことまで、なぜか口にしてしまうのだ」

どこかで聞いたことがあるな、と信吾は思った。そうだ、あのときだった。

信吾の武勇伝が瓦版に書かれたとき、こんな余波に見舞われた。

九寸五分《くすんごぶ》を振り廻す破落戸《ごろつき》に素手で立ち向かったという腕がどこまで本当か、試そうとした旗本の次三男坊三人に待ち伏せされたことがあったのだ。波乃といっしょになる少しまえのことである。

刃傷沙汰《にんじょうざた》にはならず、黒船町の借家で酒を飲んですっかり打ち解けたことがあった。そのとき酔った一人が、くどくどと喋ったのだが、なんでそんなことまで打ち明けるのだと仲間がつぶやいた。するともう一人が言ったのである。

「信吾と話しておると、まるで朋輩《ほうばい》を相手にしたようになるから妙だ」と言って、さらにこう続けた。「信吾が腹に一物も持たぬことが自然とわかるので、自分の腹の裡《うち》をさらけ出してしまいたくなるのかもしれん」

待ち伏せされて、抜刀して迫って来た相手に、わずか一刻（約二時間）するかしないかで、そう言われたことがあったのだ。

旗本の次三男坊ならともかく、四十代半ばはすぎているだろう、強《したた》かに生き抜いてきた岡っ引である。信吾のほうこそ奇妙でならなかった。

「信吾の言うことは正論だと思う。本来ならだれもが、当然のごとく考えねばならん問題だな。だが、少しでも楽に生きたい、苦労せずに金を、それもたっぷりと得たいと考えるのが、人という困った生き物よ。挙句に騙《だま》し、裏切り、嘘を吐き、友人や親兄弟でさえ平気で陥れようとする。だから悪人の尽きることはねえ。信吾だから言うがな」

「はい。なんでしょう」

「捕らえても捕らえても切りがねえ。町方と悪人の終わることのない鼬《いたち》ごっこだから、うんざりしちまう。それでも止める訳にいかねえが、そのこと自体にもうんざりしちまうのよ。賽の河原の石積みとおなじだ。一つ積んでは父のため、二つ積んでは母のためと、ちいさな手を血みどろにして、石を積みあげ塔を作ろうとする。何度やっても、できあがる寸前に地獄の鬼に崩されてしまうってやつよ」

「それでも止める訳にはいかないとなると、辛《つら》いですね」

「辛いだけじゃねえ。虚《むな》しい。たまらなく虚しい。かと言うて止める訳にいかんからな。だが断ち切ろうにも簡単にいくものではねえから、長い目で見んといかんのだろう。長い長い目で見なきゃならんってことよ。おのれ？　とてもとても。だったら子供？　まだまだ。すると孫に？　焦っちゃなんねえ。曽孫《ひまご》に託す？　その辺でやっと、いくらかでも目鼻が付くだろうか、ってとこだろうな」

「だからといって、今だれかが始めなきゃ、いつになっても動き出しません」

「信吾さん、よう」

「はい」

「先鞭《せんべん》を着けてくれよ」

「えッ」

「おっと、長居しちまった。そうのんびりとは、しちゃおられんのだ」

そう言うと、権六は両手で膝を叩いて立ちあがった。

「ほんじゃ、これまでにも増して、顔を見に寄せてもらうぜ。嫁さんによろしくな」

信吾の返辞を待たずに権六は黒船町とは反対の、上流《かみて》の吾妻橋のほうへと歩き始めた。体を左右に揺らす、ガニ股に特有の歩き方で。

三

翌日の昼すぎである。

「お先にいただきました」

柴折戸を押して庭からもどった常吉が、八畳間の信吾に声を掛けた。将棋会所には常にだれかがいなければならないので、なにもなければ信吾は常吉に先に食べさせるようにしている。

「それでは、あとを頼みますよ」

信吾が住まいにもどると、用意を整えて波乃とモトが待っていた。

「あれ、これは」

箱膳の前方左隅に空灰色《そらはいいろ》と言うのだろうか、青み掛かった明るい灰色をした小皿が置かれている。水が湛《たた》えられて、濃い紫色をした菫《すみれ》の花が一面に浮いていた。見れば波乃とモトの膳にも、おなじ小皿が置かれている。

「アキちゃんたち三人が、このまえのお礼にって持って来てくれました。お礼をしたいのだけどなにがいいだろうって、下の妹さん二人も加えて五人で知恵を絞ったんですって。それで菫がいいってことになったそうですけど、可愛いでしょう」

「ああ、菫もこんなふうに飾ると、ちがった美しさがあるね」

「菫の花もたしかに可愛いけれど、子供たちの気持が可愛いじゃないですか。あたしがなにを喜ぶだろうかって、五人が額を集めて考えてくれたの」

「よほどうれしかったんだな。波乃に言われて、みんなで選んだめおと箸が、ご両親をどれほど喜ばせたかが目に浮かぶよ」

「ご両親は涙を流して、言葉にならなかったんですって。両側から五人を抱きしめてくれたって言ってました」

養い親の二人が五人の養子を抱きかかえたという、その両手の温《ぬく》もりが感じられるようであった。

「それでたくさんの菫を、花束にして持って来てくれたんです。でも、可哀想《かわいそう》なことになってしまって」

「うっかり、哀《かな》しませるようなことを言ったんじゃないだろうね」

「あたしはそんなヘマはしません。そこにたまたま、権六親分がいらしたの」

「鬼瓦がか、なんと間の悪い」

「親分さんは、いいからいいからと子供たちに言ったのだけれど」

「鬼瓦に猫撫で声でそんなふうに言われたら、却《かえ》って怯えてしまうものなあ」

「顔を強張《こわば》らせて帰ってしまったわ。また来てね、かならずよって念を押したんだけど」

「大丈夫かなあ」

「だと思いますけど」

「おもらし、してないだろうな」

波乃がクスッと笑った。権六と初めて会った日に聞いた、鬼瓦が渾名《あだな》のその顔を見て思わず失禁してしまったという、気の毒な奥さんの話を思い出したのだろう。

「いや、夜になって眠ってから、怯え泣きするかもしれないよ」

「ということでしたので、菫を飾らせてもらいました。この小皿に映えるでしょう」

「では、子供たちの気持を受け止めながら、いただくとしよう」

そう言って信吾は波乃とモトをうながした。

「いただきます」

胸のまえで両掌をあわせてから、茶碗と箸に手を伸ばす。

「親分さんが、とても残念がっておられました」

しばらくして波乃が言った。

「へえ。鬼瓦が」

「そんなふうにおっしゃるものではありません。でも」と、波乃はクスンと笑いを漏らした。「だれが付けたのか知りませんが、ほかに言い換えの利かない見事な渾名ですね」

「そうか。今日は仙五郎さんの日だものな」

芦田仙五郎は御家人の総領で十二歳だが、ほどなく父親に従って見習いとなるらしい。父親の上役に並外れた将棋好きがいるとのことで、なんとしても取り入りたいとの父親の下心もあって、将棋会所「駒形」に通わされることになったのだろう。

五日ごとの五ツ（八時）から九ツ（正午）まで、つまり午前中はずっと特訓を受けていたのである。

「生憎《あいにく》と今日はその当日でございますと申しますと、とても残念がっておられました」

「案外、しめしめと思ったんじゃないかな。波乃と二人きりになれると思って」

「まさか。それにモトがいるのですもの」

波乃がそう言うと、モトは茶碗と箸を箱膳に置いた。

「おなじ屋根の下におりましても、お客さまがお見えの折にはさがらせてもらいますので、お部屋はべつでございます」と、モトが言った。「なにかの事情で同室いたしましても、奉公人はご主人さまのことに関しましては、見ざる、聞かざる、言わざるとなっておりますから」

まさに奉公人の鑑《かがみ》である。

「ということだな。親分さんは波乃の顔を見に来たんだよ。昨日別れるときに、これからは頻繁に寄せてもらうと言っていたけれどね。それにしても、まさか昨日の今日とはなあ」

「たまたまですよ。信吾さんに会いたかったのだと思います。昨日、話し忘れたか訊き忘れたかしたことが、あったのではないですか」

「案外そうでもないのじゃないかな。波乃のことを、なんて嫁さんなんだと言ってたからな、それも一度じゃなかったから。よっぽど関心を示したということだろう」

「なんて嫁さんなんだ、ですか。そうおっしゃったとしたら、呆れ果てたからではないのですか」

「いや、感心していたと思うよ」

「もしかしたら、顔を見たかったのはあたしではなく」

波乃はチラリとモトを見たが、世話係の女中はまるで知らん顔で黙々と食べている。

「でも、親分さんがあんなにお笑いになるとは、思いもしませんでした」

「それほど笑ったのかい」

「あちらまで聞こえませんでしたかしら」

「聞こえる訳ないが、それよりも笑うなんて思いもしないもの。将棋会所に顔を出すようになるまで、親分が笑ったのを見た人は、いなかったらしいよ。町中の嫌われ者で、十手持ちだってこともあって、恐れられ、というより気味悪がられていたそうだ。それが将棋会所に来て、たまたま冗談を言ったんだが、だれもがおもしろいと笑ったんだな。ところが、それが親分を目覚めさせてしまったらしい。義理で笑った人がほとんどだろうが、本人にはそんなことはわからないからね。それからだよ、冗談を言ったり洒落を飛ばしたりするようになったのは」

「もしかしたら、信吾さんが眠っていた親分さんのなにかを、起こしてしまったんじゃないかしら」

「昔話にある、悪行がすぎたために天の神さまに呪文を掛けて眠らされた、魔神みたいじゃないか。親分の中に魔神がいたとしても、なんのふしぎもないけれどね」

「たまたまなにかの偶然で、信吾さんが眠りを覚ます呪文を唱えたか、仕種をしてしまったのかもしれませんよ」

「少しは擽《くすぐ》ったかもしれないけれど、わたしがしたのはそれだけだよ。権六親分にはおもしろいところがいろいろあるのに、いつも苦虫を噛み潰したような顔をしているものだから、だれも気が付きもしなかったんだろうな」

「ご本人も、気付いていなかったのかもしれませんね。人が笑ったので、一番驚いたのは親分さんご本人だったりして」

「あり得ることだね」

「ともかくよく笑われました」

「もしかしたら仲蔵さんとおなじで、別人に入れ替わっていたのかもしれないね」

「まさかぁ」

喧嘩腰《けんかごし》と言っていい状態で乗りこんで来た仲蔵が、話しているあいだにすっかり変わって、別人のようにおだやかになったことがあった。そのとき波乃が言ったのである。お辞儀をしてから頭をあげるわずかなあいだに、別人に入れ替わってしまったのではないでしょうか、と。

おなじことが権六にもあったにちがいない。信吾はきっぱりと言った。

「だってわずかなあいだで、あれほど変わった人はいないからね」

などと言っているあいだに、食べ終わっていた。

「あとは片付けておきますので、八畳座敷にお移りください。お茶をお持ちしますので」

　午後は対局も指導の予定も入っていなかったので、波乃と話していくことにした。用があれば、大黒柱の鈴が報せてくれるはずである。

「権六親分のような町方さんと相談屋の信吾さんには、おなじようなところがあるんですね」

　波乃がそう言ったのは、権六と話していてそのことを強く感じたからだろう。

「おなじようなところ、とは」

「親分さんはいろいろ調べ事をしたり、あちこちからなにかと話を持ちこまれたりするらしいですね。だけど捕物に関わる話になったと思うと、途端に曖昧でわからなくなってしまうんですよ。親分さんはあたしをおもしろがらせようとして、あれこれと話してくれました。まるで気楽な調子で、思い付くままに話してくれてるみたいでしたが、聞いているうちにあたし気付いたんです」

「気楽さを装っているけれど、意外とというか、かなり細かく気を遣ってるんだろ」

「そうなんですよ。だけど信吾さん、どうしてわかるんですか」

「だって波乃は最初に、おなじようなところがあると言ったじゃないか。町方と相談屋に共通の部分があると言われれば、なにかなと思わずにいられないからね」

「なるほど、あたしは答に関わることもいっしょに話していたんですね」

「権六親分は捕物の話をするとき、ある人の場合は細かなことまで具体的に話してくれたんじゃないかい。名前はおろか背丈や声の調子、その人の癖なんかだけでなく、なんの商売かに始まって、屋号や奉公人の数、旦那だけでなく家族の名前、飼い犬がいるかなんてことまで隠さずに話してくれる。それなのにべつの人のことになると、あれこれ詳しそうに話してくれるのに、その実、はっきりしたことはなに一つわからない。その人がどこに住んでいるかを、それまでに聞いた話のあちこちから割り出そうとしても、まったく見当も付かない。話してる人によって、その二つにわかれるということじゃないの」

「そうなんですよ。だけど信吾さん、なぜわかったのですか」

「だから波乃が最初に言った、町方と相談屋の共通点」

「そうか。そうですね。相手のことなんだ」

「親分が細かなことまで隠さず話したのは、解決した事件だからだよ。つまり悪者を捕らえて一件落着したからなにも隠すことはない。ところが曖昧なままで、だれのことなのか、なんのことなのかがわからないのは」

「今取り組んでいる、調べていることだからですね」

「そこまでは町方も相談屋もまったくおなじだけど、そこからがまるっきりちがう」

権六がその人物について具体的なことを話したのは、すでに終わった事件だからである。裁かれて罰を科されたか、これから処分を受けるかの、悪人であり、罪人であった。だから具体的なことを話せたのだ。

一方の曖昧な人は、疑わしき人物であるが悪人と決まった訳ではない。現在、証拠を集め捜査している段階である。そのため相手に覚《さと》られては逐電されかねないし、証拠を隠滅される恐れもあった。ゆえになに一つ具体的に話すことができないのだ。

なぜなら当事者、つまり悪行を働いた者は敏感で、わずかなことからでも危険を感じ取るはずだからである。

「権六親分は終わった捕物については、いくらでも喋《しゃべ》れるけれど」

「信吾さんはお客さんの悩みが解決しても、その人に関することは、生涯洩《も》らすことができないのですね」

「悪いことはもちろんだが、良いことであってもね。そこが町方とはまるでちがう」

「それって、けっこうな重荷でしょう」

「いっしょに背負ってくれる人がいるといいけど、いたらいたで悩んでしまう」

「あら、どうしてかしら」

「だって、重い荷物を一生背負わせることになるのだもの」

間《ま》が、かなり長い間があった。するりと懐に滑りこむような声で、波乃は言った。

「あたしじゃ、……だめですよね」

「どうして」

「二人で荷物を担いでも、撫肩《なでがた》だから信吾さんにばかり負担を掛けてしまいますもの」

撫肩とはうまい喩《たと》えだ。それにしてもいじらしいことを言う。

「うれしいけれど、今決めないほうがいいと思うよ」

「なぜかしら。あたしじゃ頼りないですか」

「そうじゃない。気持が昂《たかぶ》っていると、その熱気に押されて、まともに考えられないことがあるから」

「あたしは、すぐ熱くなってしまうほうではないと思います。自分でそう思っているだけかもしれませんが」

「わかっているけど、少し頭を冷やしてからにしたほうがいいと思うんだ。波乃の頭じゃないよ」

「あら、どういう意味かしら」

「どうもこうも、それだけなのでね、深読みしないでおくれ」

謎めいた言い方をしたので、波乃は混乱したかもしれなかった。

大黒柱で鈴が二度鳴った。対局か指導かはわからないが、将棋会所「駒形」のあるじとしては、そのままにしてはおけない。

信吾は波乃に微笑《ほほえ》み掛けてから、将棋会所にもどった。

四

「これはお珍しい」

甚兵衛がそう言ったのは、対局を終えた客たちがそろそろ帰り始めた七ツ(四時)まえであった。

「お元気にしておられましたか。一年、いやもっとになりますかね」

「一年と二ヶ月ほどでしょうか」

「席亭さん。珍しいお客さんが、『駒形』を始めたばかりのころに通われていた」と言ってから、甚兵衛は小声で客に訊いた。「お名前、なんとおっしゃいましたっけ」

「万作ですが」

「これは失礼いたしました」と詫《わ》びてから、甚兵衛は声をもどした。「万作さんがお見えになられました」

八畳間で本を読んでいた信吾は、その名を聞いて立ちあがった。

信吾が来るまでを繋《つな》ぐかのように、甚兵衛が万作に話し掛ける。

「急にお見えにならなくなったので、どうなさったのかと思っておりましたよ」

「実は席亭さんにお金を借りていたのですが、それが返せなかったもので、どうにも敷居が高く感じられまして」

「返せる目処《めど》がお付きになったということですな。しかし、そんなことはまるで存じませんでした」

と言っているところに信吾がやって来た。

「万作さん。お懐かしい。元気にしておられましたか」

「はい。お蔭さまで」

「お金を返しに見えられたそうですよ」

甚兵衛に言われて信吾は首を傾げた。

「万作さんに、お貸ししてましたっけ」

「ほれ、朝になっていっしょに飯を喰ったじゃありませんか。あのときに」

思い出したが、その金なら貸したのではない。よほど困っているらしいので、与えたつもりであった。

「あ、ああ。あれを返しに。それにしても律義な方ですね」

「遅くなって本当に申し訳ありません」

「ここでの立ち話は、お客さんの迷惑になりますので、場所を移しましょうか。甚兵衛さん、しばらくあちらで話しますので」

そう断ると信吾は日和下駄《ひよりげた》を履いて先に立ち、格子戸を開け庭に出た。万作が続く。

生垣に造られた柴折戸を押して、住まいの庭に入った。隣家を借りたときに造ったばかりなので、柴折戸のことを万作は知らない。

「ここはたしか、御家人のご隠居さんが」

「引っ越されたので、あとを借りることにしまして」

「会所はなかなか盛況ですね」

「お蔭さまで、少しずつですが常連さんも増えております」

沓脱石《くつぬぎいし》からあがりながら、信吾は波乃を呼んだ。

「お客さまがお見えですよ」

「はーい」

声とともに現れた波乃を見て、万作は目を丸くした。

「奥さまですか。あのときは、たしか小僧さんと二人だけでしたが」

「常吉にはまだ働いてもらってます」

「いらっしゃいませ。すぐにお茶を淹《い》れますので、どうかお坐りくださいませ」

「万作さんとおっしゃって、『駒形』ができたばかりのころに通ってくださったお客さまで、一年ぶりに訪ねていらした」

「波乃と申します。どうかよろしく願いますね」

「あ、こちらこそ。万作」と言ってから、言い直した。「というのは、席亭さんがおっしゃったですね」

　思いもしていなかった波乃の出現で、万作はすっかり狼狽《うろた》えてしまったようだ。弥生《やよい》の半ばだというのに、すっかり汗を掻《か》いている。

　信吾にうながされて坐ると、気になってならないのだろう、万作は何度も波乃の去ったほうに目を遣った。

「いつ、ごいっしょになられたのですか」と言ってから、万作はすぐ謝った。「不躾《ぶしつけ》ですみません」

「二月の下旬でして」

「そうしますと、まだ半月あまりではないですか」

「あたし、押し掛けて女房にしてもらったんですよ」

　波乃は湯呑茶碗を載せた盆を持ってすぐにもどったが、信吾の声を聞くなりモトが用意していたのだろう。

　おいおい、初めて会った客にそこまで言うのかと思ったが、今さら手遅れで、苦笑するしかない。

　あっけらかんとした打ち明けに、万作は意表を衝《つ》かれたようであった。波乃が一礼してさがろうとすると、万作は少しあわて気味に声を掛けた。

「奥さん。波乃さんでしたね、どうかいっしょにてまえの話を聞いてもらえませんか」

言われて波乃はチラリと信吾を見たが、うなずいたのでその場に坐った。

聞いてもらいたいと言ったのに、万作はなかなか切り出さなかった。波乃に声を掛けはしたものの、いざ坐られてみると話せなくなったのかもしれない。

懐に手を入れたので、手拭を出して汗を拭くのかなと思ったが、そうではなかった。布と紙の、二つの包みを取り出したのである。

信吾が波乃と顔を見あわせてから、万作に目を移した。すると万作は布の包みを、ゆっくりと開いた。出てきたのは一文銭と波入りの四文銭、それに天保銭《てんぽうせん》も混じったものであった。かなりの枚数だ。

「五百八十八文ございます。思い出していただけましたか」

お金を返しに、と甚兵衛が言っていたその金ということだ。万作はふたたび懐に手を入れ、二つ折りにした紙片を取り出して拡《ひろ》げた。「御礼状」とあって、次のようになっている。

万作様

長い間お貸し戴き有難うございました

元利計五百八十八文をお返しいたします

黒船町　将棋会所駒形内　信吾

そう書かれてハンコも捺《お》されていた。

「てまえの字でございますね」

書いたにはそれなりの事情があった。

「やはりお忘れですか。そうでしょうね。そういうお方なんだ、信吾さんは」と、万作は波乃に向き直った。「奥さん、実はてまえは泥坊なんです」

「えッ」と、大抵のことには動じない波乃もさすがに驚いた。「泥坊さんとおっしゃいますと。……あら、ごめんなさいね。なんて間抜けなことを聞いてしまったんでしょう。ですが、泥坊さん、泥坊なんですか」

「泥坊です。てまえは、その泥坊なんです」

「ご冗談では、ないよう、です、ね」

どう言えばいいのかわからなかったらしく、途切れ途切れになった。

「冗談でこんなことは言えません」

「それも、そうでしょうけど」

「泥坊です。正真正銘の泥坊です。ですが、泥坊にさんは変です、奥さん」

「なんだか威張ってるみたいですよ」

妙な遣り取りになったので、信吾はつい笑ってしまった。

「笑わないでください、信吾さん。てまえはまじめなんですから」

「これは、申し訳ない」

そうは言ったものの、思わず噴き出してしまった。自分まで、滑稽な遣り取りに捲《ま》きこまれてしまったことがおかしかったからだ。一頻《ひとしき》り笑ったが、笑ったためかどうか唐突に思い出したのである。

「あッ、五百八十八文」

「思い出してもらえましたか」

「思い出しました」

「ああ、よかった」

「朝、夜が明けるか明けぬうちに、万作さんがご飯を炊いて味噌汁《みそしる》を作り、干魚を炙《あぶ》ってくれて、常吉と三人で食べましたね」

「思い出していただき、ありがとうございます」

今度は波乃が噴き出した。

「ごめんなさい。あたし、つい噴き出しましたが、まるっきり事情がわかりません」

「ですからそれを話そうとしたら、奥さんが泥坊さんとおっしゃいますと、なんて変な訊き方をしたものだから」

「そうでしたね。ごめんなさい、本当にごめんなさい」

「謝らんでください。だって、奥さんは少しも悪くないじゃないですか」

「事情は、ほぼ、わかりました」と、信吾は両手を挙げて二人を鎮めた。「だったら、万作さんの話を聞いてあげないと、せっかくいらしたんだから」

「先ほど申しましたように、てまえは泥坊でして」

そう言って万作は振り出しにもどり、二人にというより波乃に話し始めた。

浅草の黒船町に新しい将棋会所ができたので、いくらか指せる万作は通い始めたが、そのうちに次第にようすがわかってきた。

席亭はまだ若い優男《やさおとこ》で、ぼんやりとして居眠りばかりしている小僧がいるだけだ。料金は席料と指南料が二十文で、対局料が五十文。開いたばかりということもあるのだろうが、客が六、七人しか来ない日もあれば、三十人を超える日もある。

客からの入金は数日に一度、まとめて東仲町の宮戸屋に持って行って預かってもらっているらしい。将棋会所「駒形」には蔵がないためだ。

「で、短刀を懐に忍びこんだのですが、信吾さんが護身術をやってるなんて、そのときは知りませんでした。あとになって瓦版を読んで、真っ蒼《まさお》になりましたよ」

万作はまんまと忍びこんだ。席亭、つまり信吾は本を読んでいたらしいが、行灯《あんどん》を点けたまま寝入っていた。文箱《ふばこ》の上に紙入れが置いてあったので、懐に収めると、売上を入れてあるはずの箱か袋を探し始めた。

ところが不意に信吾に飛び掛かられ、利き腕を両脚に挟まれ関節を逆に取られたのである。会所に通っていたが、信吾が護身術をやっているなど知る訳がなかった。同時に信吾は懐に手を入れて短刀を取り出すと遠くに投げ、紙入れを取りもどした。

それだけでもお手上げなのに、抵抗しないようにと言ってから、「わかりましたね、万作さん」と念を押されたのである。愕然《がくぜん》となった。短刀と金を取りあげられた上、名前を知られているとなると手も足も出ない。

紙入れだけにしておけばよかったのである。売上にまで欲を出したのがまちがいだったと悔やんだが、後の祭りだ。

ところが信吾は万作がそこまでしなければならないのは、よほどの事情があったにちがいないと同情した。そしてこんなことまで言ったのである。

「生まれつきの悪人なんていないと、わたしは思っています。大抵の人は追い詰められて、しょうがなく悪事に手を染めるのですよ」

もしかすると自身番屋に突き出されないですむかもしれない、と万作は望みを抱いた。

そのとき灯心がジジジと音を立てて、室内が急に薄暗くなったのである。すると信吾は灯心を掻き立て、油を足すためにその場を離れた。

見ると取りあげられて投げられた短刀が、そのままになっている。一瞬、好機だと思ったが手が動かなかった。

「生まれつきの悪人なんていないとの、信吾さんの言葉が耳の底に残ってましてね、手が伸びなかったのですよ。ですので、縋《すが》るつもりで訴えやした」

左官の職人だが右腕の手首を挫《くじ》いて鏝《こて》が使えなくなって解雇《くび》になり、間の悪いことに女房が患ってしまった。薬礼のために蓄えが底をつき、子供がひもじいと泣き出すので困り果てた。「駒形」は日銭が入るし、夜は若い席亭と小僧だけ、それでつい魔が差したと泣き付いたら、なんと信吾は信じたのである。

それればかりか左官職人にとっては道具に等しい腕を傷めつけたのだからと、売上を入れた袋を持ち出した。銭を数えると千文を超えていたので、信吾は将棋盤や駒の払いがまだなのでと五百文だけ取り、残り五百八十八文を万作に与えたのだ。

小銭もそれだけ多いと、懐に入れても膨れるし、木戸番で賽銭泥坊とまちがえられかねない。そのときのためにと書いたのが、万作が最初に示した「御礼状」であった。

結局、起きてきた小僧の常吉と信吾の三人でご飯を食べ、万作は放免となったのである。

万作がちいさなほうの紙包みを開くと、一朱金であった。

「どういうことでしょう」

信吾が問うと、万作は二つの包みを示して言った。

「こちらがお借りした五百八十八文で、これは利子でございます」

「そんな計算はありませんよ」と、言ったのは波乃であった。「今は一朱が四百文、五百八十八文に、一年ほどで四百文の利子なんて考えられません」

すばやく計算したらしい。そう言えばいっしょになるまえ、よろず相談屋の収入《あがり》だけでは生活できないと話したことがあった。将棋会所の客の平均人数を聞いた波乃は、あっと言う間に月当たりの入金額を出した。贅沢《ぜいたく》しなければやっていけますと言って、驚かせたことがある。

「それでも少ないくらいだと思います。泥坊を働きながら、あそこまで親切にしていただいて、あっしはしみじみ考えました。ここで立ち直らなければ、一生だめなまま終わってしまうと。信吾さんがあっしを立ち直らせてくれたのです。ですから借りたお金と利子をどうか納めてくだせえ」

「それはできません。わたしは万作さんがお困りなので、失礼かもしれませんが売上の半分を差しあげたのです。ですので返していただく訳にはまいりません。況《ま》してや利子をいただくことなど、とてもとても」

「それじゃ、あっしの気持が」

「わたしの気持だって」

「あの、よろしいでしょうか」と、波乃が言った。「お二人とも男として、ここで引きさがることはできないと思います。ですから、あたしの考えを受け容《う》《い》れてもらいたいのですけど、いいでしょうか」

信吾と万作は顔を見あわせたが、波乃の言うのも尤《もっと》もと思ったらしくうなずいた。

「信吾さんにすれば差しあげたお金で、万作さんにとっては借りたお金です。意地を張りあっても切りがありません。先ほど万作さんは、子供がひもじいと泣き出すのでとおっしゃいました。でしたらそのお金が、もっとも活きるようにされてはいかがでしょう」

「いい考えだね」

信吾は同意したが、万作は複雑な顔をしている。

「もしあれでしたら、お子さまが手習所で学ぶための、束脩《そくしゅう》や謝儀《しゃぎ》にしていただいたらいいと思うのです。万作さん」

波乃に言われて、万作が緊張するのがわかった。

「は、はい」

「お子さまは何歳になられますの」

言われた万作は俯《うつむ》いてしまったが、その顔が次第に赤くなり、やがて真っ赤と言っていいほどになった。

「出すぎたことをと、叱られそうですね」

波乃が詫びるような言い方をした。

万作はますます深く頭を垂れたが、やがてばたりと両手を突いてしまった。呆れたというか驚いたというか、信吾と波乃は思わず顔を見あわせた。

「す、すみません」

絞り出すように万作は呻《うめ》いた。

「頭をおあげください。万作さん、なぜ謝られるのですか」

「信吾さんには、あなたがたには、とてものこと敵《かな》いません。いや、そんなことは当然なんですが、てまえはなぜか、引き寄せられるようにここに来てしまったのです」

わかったようなわからぬような、と信吾と波乃はまたしても顔を見あわせた。

「てまえには、子供はおりません。子供だけでなくて女房もいないのです。驚かれたでしょう。もっと驚いてくださいい、てまえは左官の職人なんかじゃありません。ありませんでした」

「とおっしゃるからには、今はちがうんですね」

「働いておりやす。どこでなにを、というのはまだ話せません。事情がありますので、少し待ってくださいませんか」

「それを報せに来てくれるのを、楽しみに待ってますよ」

信吾がそう言うと、万作は何度もおおきく首を振り、そして言った。

「あなたがた、お二人は、信吾さんと波乃さんときたら、まったく、もう。信吾さんは一体何者なんですか。波乃さんは何者なんですか」

「うらやましい」

「と言われても」

「わかる訳ないですよね」

「こんなこと言ってはなんですけど」と、波乃が万作に言った。「うらやましい」

「なにが」

「だって、そうおっしゃるからには、万作さんにはわかってらっしゃるのでしょう」

「わかる訳がありませんよ。もしもわかっていたら、訊いたりしないでしょう」

「それもそうですね。でもまだケリは着いていませんよ」

「なんのケリが、でしょう」

「お金のことです」と、波乃は言った。「さっきあたしの考えを受け容れてもらいたいと頼みましたら、うなずいていただきましたね。では、こうしてください」

波乃はきっぱりと言った。

信吾と万作はまたしても顔を見あわせたが、先刻うなずいておきながら、今さらできないとは言えないではないか、男として。だから渋々ではあるがうなずくしかない。それを見て、波乃は満足そうに微笑んだ。

「信吾さんは差しあげたと言っていますので、万作さんはお金を借りたことにはなりません。借りてもいないお金を返すのは変ですから、信吾さんはこの五百八十八文を引き取ってください。となると、借りてもいないのに利子が付く道理がありませんから、万作さんにはこの一朱を引き取っていただきます。お二人とも、これでさっぱりしたでしょう」

信吾は心の裡でつぶやいた。「ギャフン、してやられた」、と。

「これ以上の意地の張りあいは」

信吾の言葉にすかさず波乃が続けた。

「野暮ですよ」

二人をしみじみと見ていた万作が、いささか呆れたという顔で言った。

「似た者夫婦という言葉は、信吾さんと波乃さんのためにあるとしか思えませんね」

これで何人目だろうか、二人を似た者夫婦と言ったのは。

五

「鈴をつけたせいとも思えないのですがね、お客さんが増えたのは」

言いながら信吾は立ちあがった。大黒柱の鈴がチリリンチリリと二度鳴って、来客を告げたからである。仕事場を分けたためかどうか、住まいを訪れる人が増えていた。

午後の八ツ半（三時）ごろだろうか。

柴折戸を押して庭に入ると、二つの笑い声が入り混じって聞こえた。

年齢の割に落ち着いて聞こえるやや低めの笑いは波乃のもので、年齢にしては若々しく華やいだ笑いは祖母の咲江だ。料理屋の女将を長く務めて大女将となっただけに、よく通る張りのある声をしている。

「祖母《おばあ》さま、今いらしたのですか。笑い声が聞こえたような気がしてましたが」

「八ツ（二時）ちょっとすぎだったかね」

会席と即席の宮戸屋は、朝の四ツ（十時）から昼の八ツ、夕刻の七ツから夜の五ツ（八時）までが客入れとなる。咲江は昼の部が終わるなり、片付けを奉公人に任せてやって来たということだ。

「だったら、二人でたっぷり話せましたね」

「たっぷりという訳にはいきませんよ、半刻（約一時間）ばかりじゃね。ところがあたしとしたことが、とんだヘマをやっちまった。最初から信吾を呼んどけば、むだはせずにすんだものを」

「わたしに聞かせたくない、女だけの話ってことではなかったのですか」

「その逆さ。信吾にたっぷり聞いてもらいたかったんだけど」

「でありながら声を掛けなかったなんて、祖母さまらしくありませんね」

「だって、波乃さんの気持をたしかめずに、いきなり二人に話すって訳にいかないじゃないか」

「なんだ、波乃絡みの話か」

「当たりまえでしょう、宮戸屋の大女将がわざわざ出向くのですからね」

「わたしは孫なんだから呼び付けてくださいよ。なにを置いても駆け付けますから」

「むだ話をしてる暇はないんだよ。波乃さんには繰り返しになって申し訳ないけど」

「いえ、信吾さんといっしょに、もう一度聞かせていただきます」

「なにも、聞き手に徹することはありませんからね。どんなことでもかまわないから、遠慮せずにどしどし言ってちょうだい」

「ええ。ですが先ほど、ほとんど話しましたから」

「失礼いたします」

モトが信吾の茶と、咲江と波乃には替わりの新しい茶を出し、一礼してさがった。

「ありがとう」と、咲江がモトのうしろ姿に礼を言った。「それほど喋った訳ではないのに、なぜか咽喉《のど》が渇いていたからありがたいわ」

ほとんど一人で喋ったからだろうが、さすがにそんなことは言えない。

咲江は湯呑茶碗を取って、ひと口含むと下に置いた。

いつの間にか庭にキジバトが来て、しきりと地面のなにかを啄《ついば》んでいる。

「キジバトは常に雄雌の番《つがい》で動くというけれど、どうやら本当らしい。庭には二羽いますよ」

「駄洒落は相変わらずだね」

「えッ、駄洒落ですか」

波乃にはわからなかったようだ。

「庭には二羽。にわにはにわ。似た言葉を並べただけだけどね」

咲江にそう言われて、波乃は感心したような声を出した。

「あ、なるほど」

「駄洒落だから、わからなくてもいいのですよ、波乃さん。洒落がわからないのは困るけれど」

「波乃には酷じゃないですか。祖母さまは宮戸屋の大女将として、座敷で駄洒落の好きなお客さんとしょっちゅう遣りあっています。けれど波乃の相手は、生真面目《きまじめ》を絵に描いたような、ご亭主だけなんですからね」

「とするとあたしゃこれまで、生真面目の意味をまちがって使っていたようだ」

憎まれ口を叩く祖母を信吾は軽く皮肉った。

「むだ話をしてる暇は、なかったんじゃないですか、お祖母さま」

「いけない。負うた子に教えられ、だわね」

「負うた孫でしょ」

「波乃さん」と、咲江は鼻のまえで手をおおきく振った。「お願いだから、今のは聞かなかったことにしてやってちょうだい」

波乃は答えないが、ずっとおだやかな笑みを浮かべている。

「むだ話をしてると、夜の客入れに間にあわなくなっても、知りませんよ」

「波乃さんに、夫婦で相談屋をやったらどうかね、って持ち掛けたんだけど」

祖母の口からその話を聞こうとは、信吾は思ってもいなかった。祖母はなぜそう思ったのだろう。

信吾がさり気なく打診し、波乃も次第に乗り気になっていたが、そのことはだれも知らないはずである。祖母がそれを話しに来たくらいだから、波乃がだれかに語ったということは考えられない。

「で、どうでした」

「相談の仕事は大事《おおごと》だからって、尻込みしてね」

祖母がそう言ったということは、波乃は信吾の持ち掛けた話や自分の考えには触れず、黙って咲江の意見を拝聴したということだ。

信吾もそれを踏まえて話すことにした。

「当然ですよ」

「だから言ったんだけれど」

「なんて、です」

「信吾がやってるくらいだから、波乃さんならできるって」

「祖母さま、見直しましたよ。たまには良いことをおっしゃるんですね」

「たまには、だけ余計です」

「でも、なぜそう思われたのですか」

「信吾は人として不十分です。未熟です。波乃さんだって十分とは言えない。だったら補いあえば、十分はむりとしても、今よりよっぽど多くの人の悩みや迷いに応えられるだろうからね。老婆心と言われそうだけど、あたしは立派な老婆だから」

軽い驚きを覚えたが顔には出さない。

祖母の言っていることは、策士猫黒介の話したこととほとんどおなじであった。不十分同士が補いあうようにというのは、人には得手不得手があるので、補完しあえばいい、と言った黒介と符合する。

だが信吾としては、今はそれに触れる訳にいかない。

「波乃」

「はい」

「今の老婆心のところは、聞かなかったことにしておくれ」

波乃は咲江と信吾を、悪戯っぽい目で見てから言った。

「祖母さまと孫と言うより、なんだか母子《おやこ》みたいですよ」

それを聞いて咲江は満足げにうなずいた。

「そういう軽い切り返しが、すらっと出てくるのだから、頭も心も柔らかくて、どんな相手にもうまく対応できると、あたしゃ思うんだよね。つまり波乃さんは相談屋にはもってこい」

「祖母さまは簡単におっしゃるけど、波乃はわたし以上に経験がありませんからね、躊躇《ためら》って当然ですよ。むしろ、やります、やれますって安請けあいするほうが、よほど危ういのではないですか」

「若い者が、そういうことでどうするのよ。信吾の甘いところは、大小とか強弱ってものをまともに、すなおに、まじめに受け取ってしまうところだね」

「それは短所ではなくて、長所だと思いますけど」

「大筋ではそうでしょうけど、こと相談屋としては、短所であり欠点なのよ」

「よくわからない」

「年輩者が、年寄りが、なぜ若い人の考えを認めないの。若い、考えが浅い、甘い、そんなことが世間で通じる訳がない、などと頭ごなしに否定するのかわかりますか」

「豊富な知識と経験のある者から見れば、一部しか見えていないから、危なかしくってならないのではないですか」

「若いのに、年寄り連中の言うことを、そのまま信じてしまうの。反発しろとは言わないけれど、本当にそれでいいのかって、言う気は信吾にはないのかい」

「ちょっと待ってよ。それって一方的な決め付けではないですか」

「決め付けた気はないけど、横道に逸《そ》れたかもしれない。あたしが奇妙に思うのは、信吾が若いくせに、自分の若さを信じたり認めたりしないで、それを打ち消すように考えている点なの」

「だから、それが決め付けなんですよ」

「そうじゃないんだけどね。信吾はすでにあるものを、つまり権威と言い換えられるかもしれないけれど、それを簡単に認めすぎてるのではないかね。年寄りはたしかに経験が豊かだし、知識が豊富だから、さまざまなことを比較しながら見ることもできるわね。だけど考えようによっては、その知識や経験に縛られ、あるいは振り廻されることもあるの。むしろ振り廻されてしまって、見えるはずのことが見えていないのかもしれない」

さらなる驚きに襲われた。祖母咲江の話した内容が、言い方こそちがえ権六親分の言ったこととおなじだったからである。

親分はこう言ったのだ。この世に生きているかぎり、人は世俗の塵と埃にまみえずにいられない。塵と埃が降り積もると、本来の姿が見えなくなる、と。

祖母の場合はこうだ。年寄りは知識や経験が豊富かもしれないが、逆にそれに縛られ、振り廻されて、見えるはずのものが見えていない、と。

奇妙なことに、それまでばらばらだった事柄が、ここに来て一気に繋がり始めた。それも思いもしないほど急速に。

もしかすると、これは天の啓示というものかもしれない。

黒介の助言で伝言箱を設けると、相談客が一気に何倍にも増えた。波乃が子供たちに接する一部始終を見聞きしていた黒介が、夫婦で協力して相談屋をやるように助言したのだ。

そして権六親分と祖母の咲江も、偶然とは思えぬほど相前後して、その話を持ちだしたのである。

機は熟した。としか言いようがないではないか。

「聞いてるのかい、信吾」

いくらか不機嫌な祖母の言葉で、信吾はわれに返った。

「も、もちろんですよ」

「なんだか、ぼんやりしてたけど」

「祖母さまのおっしゃられたこと、じっくりと考えたいと思います」

「あら、なにか言いましたっけ」

「悪ふざけはよしてください。波乃と二人で相談屋をやれば、これまで以上に多くの人の悩みや迷いを解決できるのではないか、ということでしょう。前向きに考えさせていただきます」

「ああ、それがいい。一生の問題だし、信吾一人のことではないものね」

そう言って咲江は、波乃に片眼を瞑《つぶ》って見せた。まるで二人が、あらかじめ合意していたようではないか。あるいはほとんど一人で喋りながら、波乃の微妙な反応に、祖母なりの好感触を得ていたのかもしれない。

「さて、夜の部の客入れが迫っているので、帰らなくちゃならないわね。いいかい、二人でじっくりと話しあうんだよ」

「祖母さま。お忙しいところをおいでいただき、本当にありがとうございました」

波乃が頭をさげて礼を述べた。

二人で門まで見送り、信吾が宮戸屋まで送ろうとすると、咲江は一人で帰ると言った。

「送ってもらうには及びません。それより二人で大事な話があるじゃないですか」

そしてまたしても片眼を瞑ったのである。

屋内に向かおうとすると、「よろず相談屋」の看板が目に入った。

足もとに常吉が世話をしている番犬「波の上」が、しきりと纏《まと》わり付く。普段は呼ばないかぎり柴折戸のこちら側には来ないのだが、あるいはこいつもなにかを感じたのかもしれないな、とそんな気がしたのである。

玄関からは入らず、二人は建物を廻って、庭の沓脱石から八畳間にあがった。

波乃はすっきりとした顔で笑い掛けた。

「ここまでくると、やるしかないということですね」

「胆《はら》はとっくに決まっていたんだろ」

「でも、やはりなにかと迷いましたよ」

「しかし、やることに決めたってことだ」

「これだけ立て続けにあれこれ起きると、なんだか筋書きが決まっていたにちがいないって、そんな気がしてならないの」

黒介、権六親分、そして祖母の咲江には、それぞれなんの関係もない。権六と咲江にしても、顔と名前を知っているくらいである。

それなのにおなじことを、わずかな期間にべつべつの人から言われたのだから、奇妙と言うしかなかった。もっとも黒介は猫なので人たちに入れるのは変だが、信吾にとっては人と変わるところがなかった。

「仲蔵さん、アキちゃんたち、そして泥坊さんでしょ」

なんだ、そっちだったのか、と信吾は自分の勘ちがいがおかしくてならなかった。照れ隠しの気持が働いたのか、言わなくてもいいことをつい言ってしまう。

「泥坊にさんは変だと、万作さんご本人が言っていただろう」

「ですけど、一年以上も経っているのに、お金を、それも元金からは考えられないほどの利子を付けて、戻しに来たんですもの。信吾さんはあげたつもりなのに、本人は借りた気でいたんですから、なんだかふしぎでならないの。泥坊だけど、悪い人じゃなかったのね。あたし、やはりさんを付けずにいられないわ」

「だから、生まれつきの悪人なんていないんだよ」

「その見本のような人ですね。泥坊さん言ってましたもの、ここで立ち直らなければ、一生だめなままで終わってしまうって。生まれついての悪人なんていないとの、信吾さんの思いが通じたんですよ」

「それもあったようだね。波乃がわたしといっしょに相談屋をやろうと思った、その気持を後押しした一つに」

「アキちゃん、長男君、むつ君、弥生ちゃんにふみちゃんの笑顔ね。それと、大人から見れば悩む理由になるとは考えられないことに、とても苦しんでいたでしょう。親だって気付きもしない。だからこそ、相談屋が必要なんだって。つくづくと思ったの」

「非常にうまくいった、というか、波乃だからこそ解決できたことでもあるけどね。ほとんどが辛く苦しい相談なんだよ。先に言っておくけど」

「だと思います。でも、ときおりかもしれないけれど、泥坊さんやアキちゃんたちのようなことがあれば、いくら辛くても続けられると思うし、なんとしても続けたいな」

「そこがわかっているなら頼もしい。厳しいことの多い仕事だから」

「万作さんが実は左官ではないと言ったとき、信吾さん、あまり驚かなかったですね」

「泥坊は捕まったときに、本当のことは言わないもの。言い訳だって、ちゃんと用意しているのさ」

「あら、どのような」

「お慈悲ですから、どうかお見逃しを願います。一時《いっとき》の迷いによるほんの出来心でございます。と言うのが盗人の決まり文句でね。最初に情けを乞うのは、見付かったり捕まったりすれば、なんと言い抜けしようかと決めているからなんだよ。その続きも、絵に描いたように決まっている」

「奥が深いのね」

ちょっと意味がちがうのではないかと思ったが、信吾はそれには触れない。

「老いた親が病の床《とこ》に臥《ふ》しております。泥坊の齢《とし》によって、臥しているのが祖父母になったり兄弟になったりするんだ。もう一つが子供でね。腹を空《す》かした子供に、ひもじいひもじいと泣かれまして、というのが決まり文句だ」

「嘘だとわかっていても、黙って聞いてあげるの」

「頭ごなしに打ち消したりしたら、泥坊は意地になって、なにも喋らなくなるそうだ。

というより、調べられるほうが嘘を吐いていることを、調べるほうにはわかっていると、調べられるほうも知っているそうだよ」

「ああ、ややこしい」

「これは、権六親分が教えてくれたことだけどね」

「すると双方が、相手が嘘を吐いているとわかっていながら、知らない顔をして腹を探りあったり、鎌を掛けたりしながら渡りあっているのね」

「ゾッとしただろう」

「普通の若い女の人なら、ゾッとするでしょう」

「波乃は若い女ではあるけれど、普通じゃないものな」

「捕まったときの泥坊の言い訳や、泣き落としのことがわかって、なんだか元気が出てきました」

「やはり波乃は並の女じゃないや」

「駄洒落の信吾さん」

　信吾はちょっとした腹案を持っていたが、それを話すのは、一番ふさわしいときにしようと思った。

六

信吾は波乃といっしょになってからも、護身術の鍛錬は怠らなかった。木刀の素振り、棒術と鎖双棍《くさりそうこん》の組みあわせ技である。

それらは、夜になってから庭に出ておこなっていた。鎖双棍のブン廻しは、鋼の鎖の繋がり目を見極める修練なので、明るくなってからでなければできない。

おなじ屋根の下に暮らしているので、波乃とモトは当然知っている。

最初のころは信吾が起こすまで起きられなかった常吉だが、自分より年下のハツが天才的な将棋の腕を持っていると知って将棋に目覚めたのであった。以前は食べることにしか興味がなかったし、仕事中でも壁や柱にもたれて居眠りしていたのである。

それが信吾の指導を受けて将棋を学び、朝から算盤《そろばん》や手習いに励んでいるし、往来物なども読むようになった。朝も自力で起きていたので、信吾の鍛錬については知っているかもしれなかった。

九寸五分を振り廻す破落戸を、素手で撃退したことが瓦版に書かれたので、界隈の人は知っているだろうが、それでもやっているところは見られたくない。そのため暗くなってからと、朝のまだ早い時刻にやっていたのである。

その朝、いつものように鎖双棍のブン廻しで汗を流した信吾は、よく絞った手拭で体を念入りに拭った。いつもは諸肌脱《もろはだぬ》ぎになっておこなうが、その日は弥生にしては暖かかったので下帯ひとつになって励んだのである。

汗を拭き浄めて小袖を着た信吾は、波乃を呼んで食事が終わったらすることがあると伝えた。「わかりました」と答えた波乃は、食事中もなにをするのかと訊いたりはしなかった。

「いただきます」と言って両手をあわせ、食べ終わると「ご馳走さま」とお辞儀をする。信吾と波乃は申しあわせでもしたように、同時に箸を置いた。湯吞茶碗に手を伸ばし、茶を口に含んで、それを下に置いたのもいっしょである。

視線があってうなずきあう。

八畳間に入ると波乃を坐らせ、信吾はきっちりと結んだ大風呂敷を取り出した。それを畳に置いて波乃をうながした。

緊張し、あるいはなにかを予感したのか、新妻の頰に血の気が射《さ》した。結び目を解《ほど》いて拡げる。

「あッ」とちいさな叫びをあげたきり、言葉にならず、ぽーッと頰を染めたまま見入っている。墨痕《ぼっこん》鮮やかに、こう書かれていた。

新しい看板は二枚あった。

「向こうを将棋会所、こちらを相談屋にしようかとも思ったのだけど、二枚作ったんだ」

昼間、相談屋あるじの信吾は将棋会所にいるし、将棋客だけでなく見物人も来る。看板なのだから、少しでも多くの人の目に触れたほうがいいだろうと考えたのだ。

「アキちゃんたちの場合のように、波乃が相手をしたほうがうまくいく場合と、新之助さんと仲蔵さん兄弟のように、わたし向きの相談もある。それとね、これからは二人が知恵を出しあわねばならないことも出てくると思うんだ。だから夫婦で困りごと、悩み、迷いの相談に応じます、との思いを籠めてこの名にした。本当なら波乃に相談しなければならなかったけれど、名前が閃くと同時に絶対に気に入ってくれると思ったから」

「題字を見て、これだ、これしかないと思いました」

「では、いっしょに掲げるとしよう」

一心同体なのだから、との言葉は呑《の》みこんだ。

解　説

細谷正充

「野口卓、別格」

まず、こう宣言させてもらおう。かつて私は、『なんてやつだ　よろず相談屋繁盛記』の解説の冒頭で「野口卓、一択」と書いた。文庫書き下ろし時代小説のお勧めの作家を聞かれたときに、返していた答えである。もちろん語呂合わせの駄洒落《だじゃれ》であるが、発言そのものは本気だ。人間味豊かなキャラクター、巧みなストーリー、胸に響く箴言《しんげん》――それらがまとまり、創り上げられた野口ワールドは、あまりにも魅力的なのだから。

そのように激励した『なんてやつだ　よろず相談屋繁盛記』は出版されるや、たちまち評判となり、シリーズ化された。順調に巻を重ねるごとに、広がり、深まっていく物語世界は、いつまでも浸っていたいと熱望するほど気持ちがいい。これほどの作品を書いてしまう作者は、まさに「野口卓、別格」というしかないのである。

本書を手に取った人には周知の事実であろうが、シリーズの大枠について少し書いておこう。主人公は、黒船町で将棋会所「駒形」と、「よろず相談屋」を営む信吾。老舗《しにせ》料理屋「宮戸屋」の跡取り息子だったが、三歳のときに大病にかかり、以後、記憶がすっぽり抜け落ちる時がある。その代わりなのだろうか、生き物が語りかける声を聞くことができるようになった。また、天の声らしきものが聞こえることもある。自分がこのような異能を得たのは、何か果たすべき役割があるのではないかと、子供ながらも思うようになった信吾は、名付け親である巌哲《がんてつ》和尚に武術を習い、めきめき腕を上げた。とはいえ護身のためである。

そんな信吾は、自分でも気づかぬままに、何度も困っていた人を助けている。この経験から、よろず相談屋を始めることを決意。跡継ぎを弟に譲り、家を出て「よろず相談屋」を始めたのである。とはいえ、それだけでは食っていけないと考え、将棋会所もやっている。時に大金を稼ぐこともあるが、相談屋は儲からない。それでも信吾は、賑《にぎ》やかに日々を生きていく。

多くの人に好かれる信吾だが、シリーズ第五弾となる『あっけらかん　よろず相談屋繁盛記』で、楽器商「春秋堂」の次女の波乃と結婚。夫婦になった。この大きな変化を受けて、シリーズは本書『なんて嫁だ　めおと相談屋奮闘記』から、セカンド・シーズンに突入。タイトルをシリーズ第一弾の『なんてやつだ』と呼応させながら、シリーズ名を「めおと相談屋奮闘記」に変更したのだ。信吾と波乃は「駒形」の隣の家で暮らし、小僧の常吉は「駒形」でひとり寝起きしている。もっとも、常吉だけでは物騒なので

〝波の上〟という名前の犬を飼うようになった。また、波乃の家事指導のために「春秋堂」から、モトという女性がついてきている。いろいろと信吾の生活も変わった。とはいえ作品のテイストは、いつもの野口卓である。

収録されているのは短篇四作。冒頭の「竹輪の友」は、信吾の幼馴染《おさななじみ》の完太・寿三郎・鶴吉の三人が、訪ねてくる場面から始まる。信吾が結婚したと知り、話を聞きにきたようだ。信吾が幼馴染から〝キューちゃん〟と呼ばれる理由。あるいは、竹馬の友ならぬ、竹輪の友という訳。こうしたちょっとしたエピソードで、幼馴染の気の置けない関係を表現する、作者の手腕が素晴らしい。併せて、変り者の信吾に嫁いだ波乃の、もしかしたら夫を上回るかもしれない変り者ぶりも描かれている。

さらに後日、波乃の友人も家を訪ねてくる。新婚家庭に夫や妻の友人が遊びにきて、自分の大切な人のパートナーを見極めようとするのは、現代でもよくある話。それだけのことを、面白く読ませてしまう作者の手腕は尋常ではない。

その一方で、相談屋の仕事も描かれる。ただしこちらは、一筋縄ではいかない。呼び出されて赴いた柳橋の料理屋にいたのは、どうやら商家の母と息子らしい。そこで相談された一件の原因になっているのが、信吾自身だというのがユニーク極まりないのである。まさか瓦版になった騒動が、こんな形で尾を引くとは……。人が人に与える影響力は、まことに測りがたきものがある。そして自分の事情と心情を打ち明けることで、問題の焦点となっている息子（新之助という名前であることが途中で判明する）の気持ちをよき方向に変える信吾に、あらためて惚《ほ》れてしまった。

続く「操り人」は、「竹輪の友」の一件の続きだ。すっかり問題を解決したつもりの信吾のもとに、新之助の弟の仲蔵が訪ねてくる。信吾に対して、喧嘩腰《けんかごし》の仲蔵だが、それも無理はない。新之助の一件に振り回され、抱かなくてもいい希望を持ったあげく、それを潰されてしまったのだ。

だからといって、信吾を恨むのは心得違い。言葉を尽くすことで信吾は、仲蔵の意識を変えようとする。やがて心の落ち着いた仲蔵は、信吾のことを「言葉の真《まこと》の操り人ですよ」というのだ。これで連想したのが、新約聖書の中のエピソードから生まれた〝善きサマリア人〟という言い回しだ。他者に対して、無私の心で善行を成す人を意味する。世のため人のためになりたいと相談屋をしている信吾も、善きサマリア人といっていい。おっと、この場合は〝善き操り人〟か。相手のことを思い、真摯な言葉でよき方向に導く信吾は、誠実なヒーローである。もし本書で初めて信吾を知った読者でも、「竹輪の友」「操り人」で、あっという間に、彼に夢中になってしまうだろう。

第三話「そろいの箸」は、三人の子供が、相談にやってくる。この件に対応したのが波乃だ。聡明で心豊かな波乃だが、お嬢様育ちで庶民の暮らしに通じてはいない。なかなか肝心の相談についていわない子供たちを相手に、手を替え品を替えて話を引き出そうとするうちに、波乃は自分の限界を認識し、それを乗り越えようとするのである。

やっと波乃が聞き出した相談だが、これが意表を突いている。五人の子供（やってきた三人の他に二人いる）を育てている両親は、実の親ではない。それが原因で、心ない言葉を浴びせられた子供たちが、両親にあることをしてもらいたいと考えたのだ。しかし自分たちでは巧い方法を思いつかないので、相談屋を頼ったのである。ストーリーの肝なので詳しいことは書かないが、子供たちの優しく繊細な心に胸を打たれた。だからこそ、この一件を解決しようとする波乃の奮闘に、嬉《うれ》しくなってしまうのだ。

また、波乃の相談屋ぶりを見守る信吾だが、彼も完成した人間ではない。年齢よりも老成しているが、まだまだ若造だ。黒猫の黒介からは、容赦なく欠点を指摘された。先の「操り人」では、仲蔵との話し合いの初手を失敗している。だがそれは、伸びしろがあるということだ。やはり伸びしろが大きい波乃と、互いの欠点を補い合いながら、どこまで成長していくのか。これからの夫婦の歩みが、楽しみでならない。

第四話「新しい看板」は、まず岡っ引の権六が登場。「マムシ」の異名を持つ、嫌われ者だったが、信吾とかかわったことで少し人間性が変わった権六は、仕事柄、世俗の塵《ちり》や埃《ほこり》にまみれるといい、

「世俗の塵と埃というより、霧か靄《もや》のようなものかもしれん。それが晴れるんだよ、信

吾と話しておると。しかもサーッとな。芝居の幕を引いたり、うしろ幕を断ち落としたりすると、それまで隠されていたものが一瞬にして現れるように、だ」

と、主人公の特異な在り方を表現する。一方の信吾は、自分の理想を表明。その目指すところは、誰もが幸せに暮らせる世界である。どんな偉人聖人でも実現できなかったことだ。でも信吾はあきらめない。相談屋としての活動で出会った人たちや、将棋会所にやってくる面々との付き合い。自分の手の届く範囲で、みんなを良き方向に導き、それを拡大することで世界が変わればいいと思っているのである。文庫書き下ろし時代小説の多くは、主人公を中心にしたユートピア的なコミュニティが描かれることが多いが、信吾はその先に行こうとしているのだ。大仰な書き方をしていないから、あっさりと受け入れてしまうが、シリーズの根底には、人はいかに生きるべきか、人類はどう成長すべきかという、深いテーマがある。

もちろん信吾の理想は高すぎだ。しかし希望はある。それを体現しているのが、権六の次に登場する万作だ。『なんてやつだ　よろず相談屋繁盛記』で、成り行きで相談屋の依頼人第一号になった人物である。万作が信吾の前に再び現れた理由が、たしかな希望へと繋《つな》がっている。セカンド・シーズンとなった本書を、シリーズ第一弾と呼応させながら、信吾の理想が進んでいることを、証明してのけたのだ。作者はこのシリーズで、とんでもないことをやっている。やはり「野口卓、別格」なのだ。

なお、今回はあまり目立っていないモトだが、権六と古い知り合いらしい。といっても、そのことは匂わされるだけで、いまのところ本作の内容と関係することはない。「そろい箸」でも、五人もの子供を引き取って育てている両親の事情は分からないままだ。おそらく、シリーズの先を考えての布石であろう。

まだまだ物語世界は拡大していくようだ。だから、本作のラストで〝めおと相談屋〟になった、ふたりの活躍を期待せずにはいられない。そして別格な作家の格別なシリーズが、いつまでも続くことを祈ってしまうのである。


（ほそや・まさみつ　文芸評論家）

本書は、集英社文庫のために書き下ろされた作品です。

本文デザイン／亀谷哲也［PRESTO］
イラストレーション／中川　学

集英社文庫
野口　卓の本

なんてやつだ
よろず相談屋繁盛記

二十歳の若者ながら大人を翻弄する話術と武術を兼ね備え、将棋の腕も名人級。動物とまで話せてしまう!?　型破りな若者の成長物語、始まり始まり～！

集英社文庫
野口　卓の本

そりゃないよ
よろず相談屋繁盛記

信吾の実家の料理屋、宮戸屋で食あたりが出た⁉
相談屋への依頼は職業倫理を問われる難題で……。
など、信吾に数々のピンチが訪れる波乱の第三作。

集英社文庫
野口　卓の本

やってみなきゃ
よろず相談屋繁盛記

信吾が開いた将棋会所「駒形」も一周年を迎え、記念の将棋大会を開催することに。それが町中を揺るがす騒動のきっかけに!?　急展開のシリーズ第四弾。

集英社文庫 目録（日本文学）

集英社文庫

なんて嫁《よめ》だ　めおと相談屋奮闘記《そうだんやふんとうき》

2020年５月25日　第１刷　　定価はカバーに表示してあります。

著　者　野口《のぐち》　卓《たく》

発行者　徳永　真

発行所　株式会社　集英社
東京都千代田区一ツ橋2-5-10　〒101-8050
電話　【編集部】03-3230-6095
【読者係】03-3230-6080
【販売部】03-3230-6393（書店専用）

印　刷　図書印刷株式会社

製　本　図書印刷株式会社

フォーマットデザイン　アリヤマデザインストア　　マークデザイン　居山浩二

ISBN978-4-08-744116-1 C0193